KB039730

그리 대단치도 않은 것들을 사랑하려

(했었다／한다)

* 일러두기

1. 작가와의 협의로 글의 맞춤법과 비문에 표준어 규정을 따르지 않은 부분들이
   다수 수록되어 있습니다.
2. 저작권자와 연락이 닿지 않아 허락을 구하지 못한 인용구가 있습니다.
   출판사로 연락 주시면 절차에 따라 허락을 구하겠습니다.

그리 대단치도 않은 것들을 사랑하려
(했었다/한다)

초판 1쇄 발행 2018년 9월 14일
초판 5쇄 발행 2021년 9월 10일

지은이 신가영
책임편집 조혜정
디자인 그별
펴낸이 남기성

펴낸곳 주식회사 자화상
인쇄,제작 데이타링크
출판사등록 신고번호 제 2016—000312호
주소 서울특별시 마포구 월드컵북로 400, 2층 201호
대표전화 (070) 7555—9653
이메일 sung0278@naver.com

ISBN 979-11-89413-04-0 03810

이 도서의 국립중앙도서관 출판예정도서목록(CIP)은
서지정보유통지원시스템 홈페이지(http://seoji.nl.go.kr)와 국가자료공동목록시스템
(http://www.nl.go.kr/kolisnet)에서 이용하실 수 있습니다.
(CIP제어번호: CIP2018028111)

GAZEROSHIN

그리 대단치도 않은 것들을 사랑하려 (했었다 / 한다)

쿵

들어가며

비관적인 성격 자체가 체질일 수 있다고 생각한다.
부정의 힘을 빌려 지금까지 수많은 어둠을 마주해왔으며,
삐뚤어진 관계 속에서 작품을 그렸다.

정면으로 내면의 우울을 마주했을 때 느끼는 감정을
평생 기록될 책으로써 기록하려 한다.
글을 쓰면서 나는 발가벗겨진다는 마음을 먹고
과감히 내 모든 걸 표현했다.

더 이상 겁쟁이로 살고 싶지 않다.

내가 나누는 이 어두운 기운이 누군가에게 한 줄기 빛처럼 다가오기를 바라며,
나는 세상으로 나간다.

차례

들어가며 **5**

Part 1

유년기의 초상 **10**

Part 2

성장의 기록 **126**

상처의 이유 **128**

총소리에 새들은 이곳을 떠났지 **132**

습관 **133**

빈자리엔 그림자만 남아 있어 **134**

비관적 인간 **136**

첫눈처럼 너에게 가겠다 **137**

다린 **139**

오해 **142**

관계의 끝자락에서 **143**

향수병 **145**

대답 **146**

난 너를 등으로 기억한다 **147**

불안한 관계 **149**

옐로우 테일이 가져다준 불행 **151**

정면 바라보기 **152**

회색 인간 **153**

안녕, 내 사랑 **154**

갈기갈기 찢어진 예쁜 끈 **157**

아픈 사랑 158

고질병 159

어둠을 침대 삼아 162

문단의 거짓말 163

같이 울어주는 사람들 164

가끔은 165

선천적인 성격 166

정의 168

나 돌보기 169

표류 170

전시장 171

블랙체리 향 172

인생수업 173

어둠 속으로 174

헤어진 사람들에게 175

어느 차 안에서 대화 도중 176

그 시간 177

혼잣말 178

존댓말 179

버리는 관계 180

나의 것 181

2016 182

유서 183

녹슨 애정 185

흑백사진 186

영은 189

우리가 그랬었지 191

함께 손을 놓았다고 말해줘 192

한강 바로 앞에서 쓴 글 193

신가영 194

20180129 195

거울을 사랑하자 197

단기전 198

나의 책 199

달리기 200

미움 201

LET ME LOVE MY GLOOM 202

ending 205

중무장 206

0515 207

관계 유지에 재능이 없을 수 있잖아요 209

모임 210

착한 사람 **211**

그만할래 **212**

나를 찾아줘 **213**

퐁네프의 연인들 **214**

애증의 살인자 **215**

終, 끝낼 종 **217**

"저 사람은 원래 여기 있어야 해요.
저와 바꿔주세요. 제발요!" **219**

기대에게 기대다 **220**

문장의 의미 **221**

입춘 **222**

부재의 이유 **223**

사랑의 모순 **224**

심연의 항해 **225**

오만 **226**

To **227**

어쩌다가 **228**

삐뚤어진 관계 **229**

강렬한 선물 **230**

안녕 안녕 또 안녕 **232**

사각형 **233**

확신 **234**

Good bye happiness. Hello sadness **235**

이제는 내 아픔도 안아줄 거야 **236**

불안을 꿈꾸며 **237**

어느 밤의 한탄 **239**

칫솔 세 개 **248**

M **251**

첫사랑 **254**

무너진 날 **256**

Part 3

나아가는 시선 **258**

우체통이 된 나의 책, 보내는 편지들 **378**

1

유년기의 초상

2014. 05. 25.

좋게 산다는건 참 힘들다.
너와 크게 보는 삶에 맞춰 사는걸.
내가 즉하는 대로 행동하여 사는걸.

이해 못하는 행동은 좋아하지 않으니까

나는 남을 이해하며 살았지만
그 이해의 이유가 나를 위해서일까

가끔 나를 바라보는 시선이 부당스럽다.
나의 잘못을 이해못하는 사람들 속에서
살아야 한다는건 얼마나 힘들까.

이기적인 사랑이 권력을 가지는 일은
생각보다 흔한 상황이라는게
희망을 희미하게 만든다.

2014.5.25.
공원에서 혼자 담배를 피며

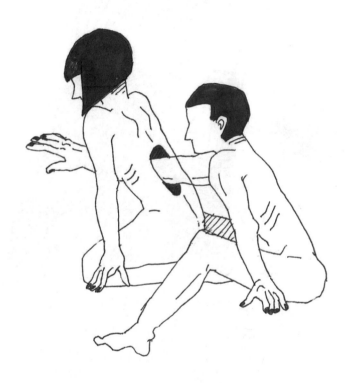

2014.9.9.
꽃

2014.9.25.

GAZEROSHIN

GAZEROSHIN

2014.10.25.
'은색소나타-개코'

2014.10.26.
'은색소나타-개코'

2014.10.31.
아름다운 말로 받는 상처

2014.11.4.
자기비하

2014.11.30.
네가 나를 미워해도
나는 행복할 거야.
너의 미움에 무너지는
나약한 사람이 되지 않기 위해서.　027

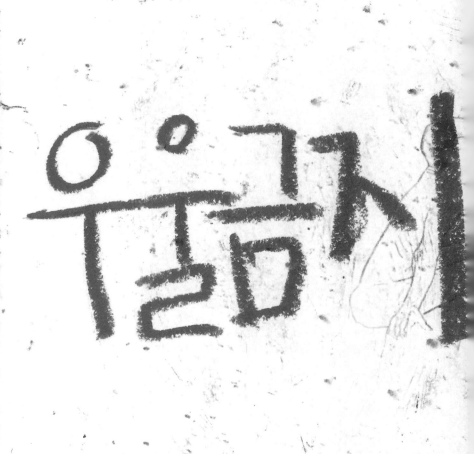

" 난 멍청해, 다 포기하고 싶어. "

" 근데, 아까 부터 뭐가 이렇게 날아다녀? "

GAZEROSHIN

2014년
좋은 눈빛

스스로가 만족할수 없는 이유에 대해 생각해 보았다.

결코 끝이 날 관계에 연연 하지 않으며

스스로의 가치를 높게 평가할 수 없을때.

그 때는 내가 어떤것을 소중히 여겨야 하는지!

무엇을 놓쳐 후회해야 하는지 정확히 알 수 없겠지.

그러기 위해선 이것들과 익숙해져야 할거야.

GAZEROSHIN

2015년
사랑도 시간이 지나면 낡아버리고 감정은 손쉽게 훼손되어버린다.
번번이 뜨겁다 느끼는 관계에 '아차!' 싶을 정도로 발을 들여놓아 화상을 입었는데,
웬걸 나는 화상으로 뒤덮여 있는데도 웃고 있다.
이제 뜨겁지 않은 사람에게는 매력조차 느끼지 못할 정도로
중독이 되었다는 뜻이겠지.

다수의 말소리는 평안을 깨는 총소리 같다. 큰 소음뿐이 들리지않고
긴장감을 놓칠 수 없는 상황이 연출되기 때문이다.
총소리로 인해 상상하게 되는 여러가지 상황들은 나 자신이
피해자가 될 수도 있다는 가능성을 확신하게 만든다.
그렇기에 다수의 사람들에게 지나친 호의를 베풀며
암묵적인 호의를 구하게 된다.

SHIN

2015.1.3.
따돌림

2015.1.15.

SHIN

2015.1.20.
보기만 해도 좋은 사이

어제의 믿음이 내일도 지속 될것이라는 생각에 대부분의 사람이 오늘에 아프다.

SHIN

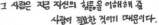

GAZERO SHIN

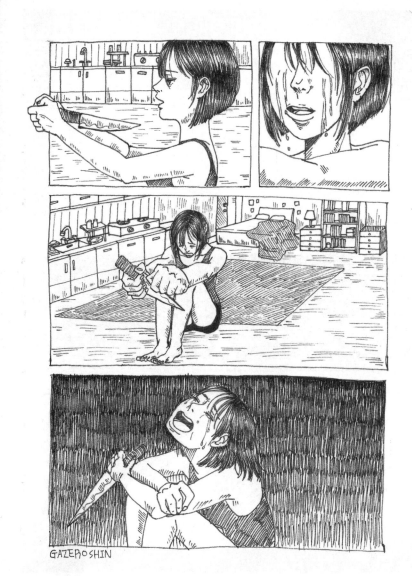

GAZEROSHIN

GAZERO

2015.7.13.
원하는 분야에 열정이 가득한 사람은 정말 멋있는 것 같아

#0

GAZEROSHIN

#1

GAZERO SHIN

2015.12.4.
1. 누군가가 내 옆에 있다고 우울이 덜어지진 않았다. 나를 진심으로 위하는 사람이 적었기에.

2

GAZEPOSHIN

GAZEROSHIN

2015.8.17.
내가 나를 그리는 이유는 너무 자주 외롭기 때문에,
그리고 그것이 내가 가장 잘 아는 주제이기 때문이다. _프리다 칼로

2015.8.23.

2015.8.24.
오늘 만났던 여자를 내일도 다음 주도 다음 달도 만날 수 있다는 건 내겐 기적 같은 일이야

나는 계속해서 사랑에 물응꾜를 더 했지.

덕붆에 나는 매일매일이 행복했었고.

2015.9.11.
잘할 걸

2015.9.24.
겉으로 드러나지 않고 속에 숨어 있는 힘

2015.11.1.
습작

2015.11.15.
10cm—10월의 날씨

078

많이 아팠지.

남들의 시선이 가시처럼 느껴졌었어.

나를 바라보는 눈동자들은 내 치부를 들추기 위해 안달이 나 있었고

항상 숨이 막혔어.

무엇보다

누군가에게 내 심장을 떨어 놓지 못해서

혼자 끝없이 우울해하고 힘들었었어..

이제 넌 혼자가 아니야

2015.12.16.

082

2015.12.19.
○〈─〈

언제부터인가 누군가에게   기대어 내 속마음을 털어놓지 않게되었다,
당장 내일 죽는다면, 후회없는 오늘을 살았다고 내 자신이 과연
자부할 수 있을까!
최선을 다하지 않는걸 만큼 어리석은것도 없다.
 훗날의 후회를 위해 재배고 있다는것과 무엇이 다를까?
어느순간 타인느 나 가 중심이 되어버리고 누군가로인해
상처 받고 아파하는일이 적어지면서,
나는 할 말이 적어졌다.

내가 누군가에게 해 줄 수 있는 위로가, 누군가 에게 털어놓은 여야기거리가,
모든 감정이 소멸되었고 연장 한 수없는 관계의 끝 자락에 서있다.
사랑 하는 인연도 결국 끝이나고, 멀어진 사랑의 멀어짐.

 감격의 즐거움을 호호히 여기던 나는 3중의 공간도 인정하지 못했다.
 사이의 여백에 멀어짐의 이유가 생겨버릴까 두려웠다.
 극단적인 성격도 살작의 움직임이 보이면 그 관계는 끝이난다고
 굳게 단정하고 뒤돌아 가기 바빴다

 숭악하는 관계의 연속.
 3중의 숨 돌릴 틈을 내어주지 않는 치맛함.

'나의 아픔 겪을바에 상대방을 떠나자'라는 비겁함의 생각

끝이없는 부정은 결국 소중한 사랑을 잃고
허욕함을 남겼다.

그자리에는 ~~사랑의 흔적조차도~~ 발자국 마저도 지워져 아픔 쓰는 사람이
결과였고.

남아있는 걸은 보더 지학하는 어리석음이 남아있었다.

2016년
다린

2016.2.9.
가장 보통의 존재

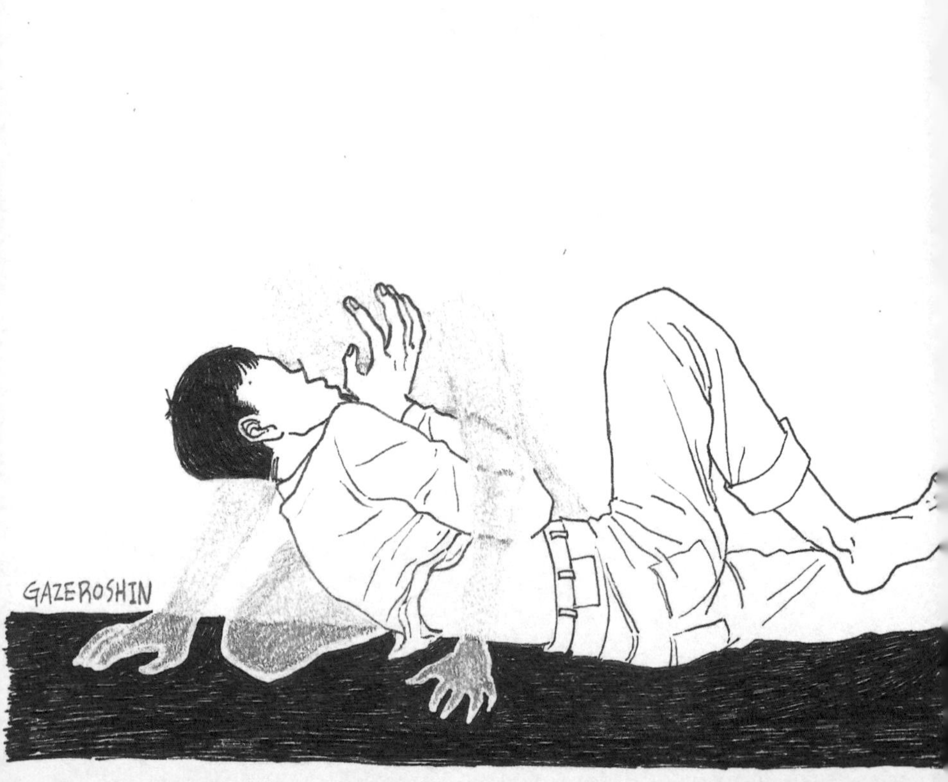

2016.4.1.
과거와 현재

2016.4.21.
남들의 보폭에 맞춰 조급해하지 않아도 돼. 조금 느려도
원하는 무언가에 가까워진다는 그 즐거움에 행복하기를 바래.

2016.4.28.

2016.5.31.
해바라기

결국 우리는 스스로를 잘다하고 칭찬 해야
지금을 극복 할 수 있어.

GAZERIOSHIN

2016.7.7.
쌍둥이

2016.9.17.
PM 8:33

좋아하는 것을 사고 좋아하는 것을 해도
채워지지 않는 공허함이 있다.
비록 지나치지 않는 감정일지라도
그 살짝의 빈 공간이 나는 왜 자꾸 메꾸려고
발악을 하는 걸까
감정에 결정이 없는 사람이 어디에 있으랴
완벽하지 않는 사람이 얼마나 많은데
계속 완벽함을 추구하여 괴로워 하지
나는 계속 바보같이 이것을 버리지 않고
피곤하게 살고있다.

 적당한 생각과 적당한 결정.
적당한 행복.

나는 적당히 사는 것을 유지하는 것이
         제일 어렵다고 생각한다.

2016. 12. 05. 새벽 1 : 38
        - 도쿄 시부야 -

2016년

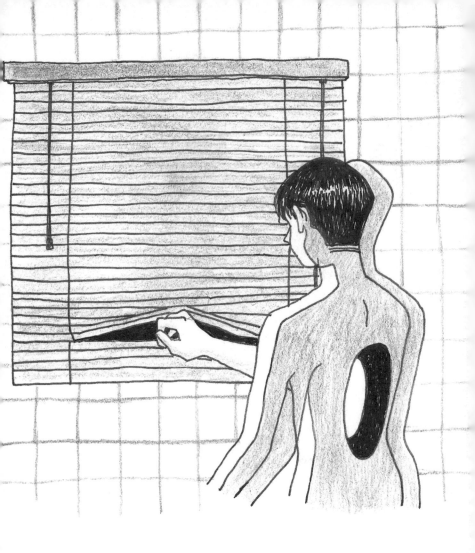

2017.1.19.
스스로를 불쌍히 여겨라. 왜 마음으로 품지 않은 사람들에겐 쓸데없이 아량을 베풀면서
정작 그 작고 소중한 본인은 맨날 질타를 하며 지내는지 이해를 못하겠다.
내가 가질 수 있는 행복을 쥐어준 나라는 존재를 사랑하고 아껴주었으면 좋겠다.
사랑하자. 그 무엇보다 불쌍하고 소중한 나 자신을.

112

2017.5.18.
Born to be Blue

2017.07.11

좋게 살고싶다는 욕심은
끝이없고
결국 빈공간을 느끼는 이유도
내가 공간을 만들어 놓았기
때문이라고 생각합니다.
타인을 욕하면서 우위서려고
하는 사람들은 불쌍하기만
하고요.
이해 받지 못한다면
나 역시 기대를 버리고
같이 서로를 버리는 사이가
됩니다.

GAZERO SHIN

2017.9.10.

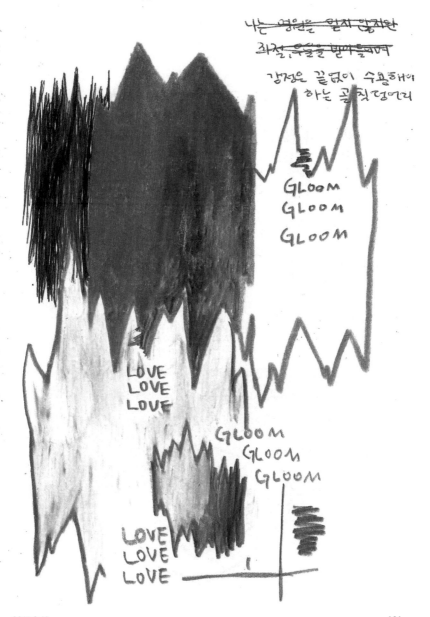

나는 영원을 ~~믿지 않지만~~
~~좌절, 우울을 받아들여야~~
감정을 끝없이 수용해야
하는 골칫덩어리

2017.9.10.

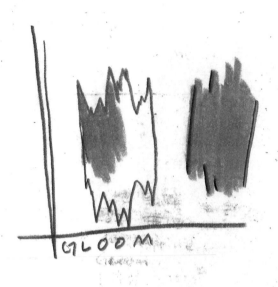

GLOOM

2017.9.30.

2

성장의 기록

상처의 이유

아직까지도 나에게 아픔을 준 친구의 한마디를 기억하며 살고 있다.

"힘들어 죽고 싶어."

그러면 너는 똑바로 내 눈을 바라본 뒤 고개를 살짝 꺾으며 강한 억양으로 말을 해.

"죽어. 가영아 죽는다고 말하지 말고 진짜 죽으면 되잖아. 제발 죽어."

처음으로 손목에 칼을 댄 건 그날이 처음이었다.

순전히 오기였지. 난 죽고 싶지 않았고 살고 싶었기에 울고 있었으니까.

나는 아직도 방문 앞에 보면 안 될 것을 본 내 동생의 얼굴이 선명하다.

어려서부터 정신적으로 안정적인 적이 없었다.

흔히 조울증과 우울증이라고도 말을 하는데 그것이 너무 심하면 어떻게 변하는지 말해주자면,

재밌게 친구들과 놀고 집으로 돌아가는 시간에 인사를 하는데 한 친구가 내 인사를 안 받아주면 집에서 엉엉 울어버렸다.

"나를 싫어할 거야. 분명히 뒤에서 나에 대한 뒷담을 하겠지. 내일이 되면 친구들이 나를 미워하고 나와 놀아주지 않을 거야."

한마디로 함께한다는 익숙함이 없었고 항상 불안에 떨면서 시간을 보냈었다.
하루하루 살아남는 기분이라는 게 무엇인지 그 어린 나이에 경험해야만 했으니까.

만화 주인공처럼 내가 처해 있는 모든 불행과 좌절을 무시하고 앞만 달리는 인생이었으면 조금 더 나을 수 있었을까?
정의롭지 못한 성격은 비겁했고 회피 성향까지 더하여 남들의 비난을 달고 살았었다.

나의 글이라든가 그림을 오래 봐온 사람들은 어느 정도 눈치를 챘을 수도 있겠지만, 어렸을 때 나는 친구들에게 따돌림을 당했었다.
뭐 굳이 일일이 말하는 것 자체가 무슨 의미가 있겠나 한들, 지금 나의 성격을 만들어주는 데에 큰 역할을 했던 사건이니 쉽게 잊히지가 않는다.

사실 아직도 용서가 되지 않는 이유는 어리다는 이유로 나의 아픔을 묻어버리기엔 트라우마가 너무나 컸으니까.
누군가를 만나든 미움을 받으면 안 된다는 생각에 오로지 항상 을의 입장에서 상대방을 갑으로 만들었으니 인간관계가 그리 순탄할 수가 없었다.

아무렇지도 않게 상처를 주고 자신의 서열을 과시하기 위해 타인을 짓밟는 행위를 반복해왔던 사람은 용서받으면 안 된다.

피해자는 평생을 마음속의 상처로 남겨두고, 가해자는 철없던 시절이라 회상하며 추억이라며 넘긴다.

트라우마는 인생에서 크게 타격을 주는 정신적 질환이라 일컬어지고 있는 가운데, 사람들은 '흘러버린 시간'이라는 이유로 피해자에게 간단히 잊어버리라고 이야기를 한다.

가해자에게는 '흐르고 있는 시간'이라는 이유로 빨리 사과를 하라고 이야기를 왜 안 하는 걸까.

특히나 나 같은 경우에는 "그런 아픔이 있었기에 네가 이런 그림을 그리고 있는 거야."라는 말을 들었었는데,

그림으로 아픔을 표현하게 된 건 너무나 축복이에요. 하지만 그건 나의 몫이었습니다. 나에게 아픔을 준 사람들이 도움이 되었다는 듯한 뉘앙스로는 말하지 않았으면 좋겠어요.

왕따 피해자는 그저 피해자일 뿐, 누군가를 괴롭힌 가해자는 그저 가해자일 뿐이다. 마음에 들지 않는다는 이유로 누구를 상처 입히고 아프게 만들 자격이 주어지는가?

그것을 합리화하려고 하는 순간 나의 죽음에도 누군가는 '죽어도 될 만한 이유'에 대해 논하고 있게 될 테니까.

얘들아 너희가 남들에게 준 아픔만큼 딱 너희 자식들이 그대로 돌려받기를 바라.
나는 그것을 간절히 기도하며 살아갈 거야.

총소리에 새들은 이곳을 떠났지

다수의 말소리는 평안을 깨는 총소리 같다.
큰 소음뿐이 들리지 않고 긴장감을 놓칠 수 없는 상황이 연출되기 때문이다.

총소리로 인해 상상하게 되는 여러 가지 상황들은 나 자신이 피해자가 될 수 있다는
가능성을 확신하게 만든다.
그렇기에 사람들에게 지나친 호의를 베풀며 암묵적인 편을 요구하게 된다.

습관

예전엔 사랑받지 않으면 미움을 받을 것이라 생각했다.
그래서 조금만 변해도 나를 버릴 것 같았고
주던 관심이 적어지면 나를 싫어하는 줄 알았다.

그래서 반나절 우울해하며 안절부절 그 친구의 연락을 기다리곤 했었다.
대부분 별것 아닌 이유로 평소와 다르게 행동한 것이었고
나는 변한 행동에 대한 이유를 듣고 나서야 안심하고 긴장이 풀렸다.

학창 시절 내내 이런 조급한 마음으로 사람을 상대하고 나니
손쉽게 사람에게 지쳐버리는 습관이 있다.

빈자리엔 그림자만 남아 있어

애먼 옛 기억이 다시금 떠올랐을 때, 내가 무슨 생각을 하는지 너는 한 번이라도 상
상해보았을까.
특히나 나라는 사람에 대해 잘 안다고 이야기를 했던 당신이었기에 너의 한마디에
나의 기대치는 비례하여 커지곤 했지.
그러곤 나의 기대가 본인의 그릇에 담기지 않고 넘쳐흐르자 부담감을 느끼고 한 발
자국씩 멀어지고는 말했어.

"나는 그만큼은 아닌 것 같아. 그 정도의 기대에 맞춰줄 수 없어."

그 말이 당신에겐 조금이라도 기대를 떨어트려 보고자 던진 밑밥이었을지 몰라도
나에겐 나라는 존재가 부담이 된다는 죄책감에 시린 눈을 마음 편히 감지도 못하고
또 한 번 어두운 밤을 보내야만 했어.
누군가에게 해가 되고 싶지 않던 나는 애초부터 우리의 만남이 잘못된 것이라며 몇
번이나 감정을 삼키고 우울함과 직면해야 했는지.
과연 당신은 생각이나 했을까?

이제는 누군가를 사랑하여 그 사람을 포용하기 위해 나를 잃는 행동은 절대 하지 않
기로 했어.
나와 상대방이 자신을 잃는 만남보다는, 정말 있는 그대로의 모습을 사랑하여 바뀔

수 있는 그런 사람과 함께이고 싶어.

나는 이제 그 우물에서 벗어나, 더 나은 햇빛이 드는 공간에 살아갈 거야.
힘들었던 시간에 머물러 지나간 누군가를 생각하기엔 나의 시간이 짧다는 걸 느껴.

당신이 나에게 남긴 그림자도 나의 것이고 상처 또한 내가 치료를 해야 할 몫이야.
감히 나의 아픔에 오지랖을 부리거나 또 한 번 나의 손을 잡으려는 행동은 하지 마.

이방인으로서, 그렇듯 편안하고 좋은 관계 속에서 지내.
그렇게 계속 안녕하며 헤어질 인연이 너무 많잖아. 우리는.

비관적 인간

사람들은 나를 부정적이고 비관적인 사람이라고 이야기를 한다.
나는 그 이야기를 싫어하지 않는다. 기대가 많은 나는 오히려 긍정적으로 생각했을
때 결과에 따라 더 좌절하고 슬퍼했다.
과정에서는 최선을 다하지만, 결과적인 부분에서는 끝없이 부정의 힘을 빌린다.
따라서 나는 더 행복하고 덜 슬프게 되니까.

첫눈처럼 너에게 가겠다

스스로 약해지는 그런 날이 오면 괜스레 우울해지고 슬퍼진다.
나를 사랑해주는 많은 사람들이 있어도
내면의 우울함은 어떻게 해도 채워지지 않는다.

만족을 하는 삶은 오롯이 나의 심연에서 나오기에
나는 마음속 끝에서 나오는 슬픈 진동에 익숙해졌다고 생각하다가도
어느 날 문득 그 진동의 울림을 끝없이 크게 느끼고 마는 그런 날이 있다.

떠나간 인연의 갑작스러운 회상에 의미 없는 감성이 폭발하여 끝없는 글을 쓰기도
해보았고
전하지 못하는 대화를 스스로 얼마나 많이 반복을 해왔던가.

그 당시 최고의 선물이라 여기던 사람은 기어코 시간이 지나면 나를 떠나가버렸다.

나는 당신의 흔적이 남겨져 있는 이 공간을 가끔씩 들르고는 한다.

그 첫 발자국엔 우리의 불안함과 끝없는 행복이 남겨져 있고
수많은 걸음을 함께 해오다가 결국 마지막을 남기게 되었구나.
나는 또 그렇게 그 빌어먹을 향수에 잠겨 끝없는 생각으로 몇 시간을 우울해하며

너를 생각하고는 한다.

참 열정적으로 함께했던 이 시간이 나에게는 앞으로의 지난 열정이 될 것 같아서
슬프기도 하고 자랑스럽기도 하다.

또 나는 더 좋은 사람과 함께할 나중을 생각하면서 이를 악물고 살아갈 거야.
큰 충격이 아닌 시린 따가움으로 평생을 회복하고 아파하면서 앞으로를 지내겠지.

다린

너를 만난 건 갓 사회인이 되었을 때였다.
하나의 동영상으로 나는 음악에 반했다는 단어를 처음 사용했고
용감하게도 바로 연락을 넣었다.

노래를 해줘서 고맙다는 말을 누군가에게 한 적이 있었나.

"그림을 그려줘서 고맙다."라는 말을 듣고 황홀해하던 때였고
그것을 다른 이에게 하게 될 거라고는 생각하지 못했다.

너를 처음 만나 우린 끽해야 1년에 한 번 볼까 말까 하던 사이였다.

하지만 멀리 있는 관계는 아니었다.
너의 노래를 들으면 항상 네가 내 곁에 있다는 느낌이 너무 컸으니까.

우린 대단하지 않은 관계 속에서 서로의 그림과 음악을 응원했다.

변함없는 응원 속에 서로가 스며들었을 때 비로소 우리는 이 관계가 얼마나 아름다
운지 알 수 있었다.

방관하는 삶 속에서도 사랑이 흐르고 있구나, 하는 생각이 오히려 힘이 되었다.

한번은 사랑에 치여 슬퍼하던 나에게 다린은 새로운 노래를 만들었다며 반짝이는 한강에서 노래를 불러준 적이 있었다.

내가 너무 사랑하는 화면 속에 너의 노래가 배경음악으로 깔리는데 어떻게 울지 않을 수 있었겠어.
치솟는 감정의 끝에서 눈물을 흘리며 긴 말없이 나를 위로하는 너의 가사, 음 하나 하나의 조각들이 깨진 나의 마음을 덧대는 것 같다는 생각이 들었다.

그렇게 또 한번 너에게 빚을 졌다는 생각이 들었다.
우리는 흔한 감정으로써 서로에게 사랑을 말하지 않았다.

서로가 행복할 수 있는 환경 속에 있는 것이 상대방을 위로하는 방법이었고
너는 노래를 부를 때, 나는 그림을 그릴 때야말로 서로를 응원하는 방식이라 생각했다.

노래를 하는 4분 남짓의 시간 동안 너는 사랑에 빠져 아이 같은 웃음을 짓기도 하고,
이별을 맞이하여 볼 위로 여린 눈물을 흘리기도 하니까.
그런 많은 감정을 느끼고 있는 네가 너무 안정적으로 보여서 너를 사랑할 수밖에 없었다.
단 몇 분 만에 너는 많은 감정을 느끼며, 사람들을 반하게 만들고 있었으니까.

지쳐서 쓰러질 것 같을 때, 너의 음악을 들으며 힘을 낸다.

조금 더 떳떳하게 너의 앞에서 웃을 수 있게 나는 또 그림을 그리고 글을 쓴다.

그게 나의 존재의 의미라는 걸 잘 알고 있으니 멈춰 있는 게 오히려 미안할 뿐이다.

오늘도 노래를 불러주어 고맙다고 혼자 생각한다.

그리고 그 생각은 너에게 전달되고 있을 거라 믿고 있다.

오해

보여지는 삶에 치중하여 나 자신을 잃어가는 경우가 허다하다.
유일한 탈출구가 사람들의 시선이라 생각하며
타인이 나를 바라보는 시선에 과한 신경을 쓰고 스스로 우울을 겪는다.
자신만을 바라보기엔 사람들의 관심은 너무나 매혹적이고
나를 영원히 사랑해줄 것 같은 허황된 착각을 불러일으킨다.

관계의 끝자락에서

쉽게 상처받는 성격을 예민함으로 치부하는 사람들처럼
나는 아무렇지도 않게 사람에게 상처를 주는 무심함을 미워한다.

본디 사람은 다른 인격체를 가지고 있으며 감정의 선이 다른 우리들은 계속 서로를
조심히 다뤄야만 겨우 관계가 유지된다.

그것이 귀찮은 사람들은 상처에 무뎌지려 하거나, 아예 감정을 버리는 쪽으로 치우
쳐버린다.
언뜻 보면 그들은 매우 평정하여 함께일수록 즐겁다.
오히려 내가 예민했던 것이라며 기존의 내 감정선을 자책하기 시작한다.

하지만 내가 원치 않던 폭력적인 말, 또는 내가 가지고 있던 트라우마의 아픔이 별
것 아닌 것으로 치부될 때, 나는 방황한다.

분명 함께하지만, 불편을 애를 쓰고 감춰야만 그들과 같아질 수 있다는 것에 정신적
피로와 자기검열의 끝에서 결국 이별을 선언한다.

쿨함이 멋져 보이던 그때에는 나의 힘듦이 웃음으로 승화되는 것을 두려워하지 않
았으며,

미움을 받으면 안 된다는 강박에 내가 아닌 것들로부터 사랑을 받는 게 좋았다.

그게 결국 나를 사랑하지 않던 내가 타인과의 관계에서 초래했던 상황이었다.

향수병

사람은 왜 향기가 날까?

그 사람의 특유의 살 냄새와 자주 뿌리던 향수의 냄새 말이야.

문득 오랜만에 겨울옷을 꺼내 들었는데 지독히도 잊을 수 없던 향수의 잔향이 코끝을 스쳤다.

진짜 웃기게도 까먹고 있던 지난날의 기억이 주마등처럼 스쳐 지나가고 머리가 띵해져서 손을 머리에 갖다 대고는 한참을 웃었다.

향수를 찾을 때 지속력을 지향하는 나는 이때만큼이라도 제발 향수 지속력을 짧게 정해달라고 조향사들에게 의논하고 싶은 심정.

나는 시각, 후각, 청각에 추억을 담아버리면 그 사람을 만나는 게 너무 무섭다.

이렇게 시간이 한참 지나서도 계속 나는 내 의지와 상관없이 그 사람을 떠올리게 될 테니까. 관계 유지를 더럽게 못하는 나로서는 정말 최악의 버릇이 아닐 수 없다.

대충 설렁설렁 사람을 만나는 건 최대한의 노력을 해야 가능한 일 아니겠냐고.

나는 당신의 향기, 좋아하는 음악과 옷의 취향을 다 알아버렸는데 언제쯤 다 잊힐까.

언제쯤 나는 그것들을 바라봐도 아무렇지 않을 수 있을까.

대답

"나는 비록 우리가 어떤 계기로 멀어지게 되더라도
지금 이 순간 너와 나눈 대화들을 하나하나 이 향기에 담고 싶은걸.
분명 나중에는 많이 아프고 힘이 들겠지만 헤어지기 전까지는
이 향기를 맡으면 너무 따뜻한 추억들이 생각날 것 같아서 행복해.

미래의 아픔까지 먼저 걱정하지 말자. 너와 함께하는 지금이 너무 행복해서 이 말을
하는 거야."

그때, 나는 너의 말에 방심하지 말았어야 했다.

난 너를 등으로 기억한다

배신을 당했다는 기분이 들었다.

무심코 서로가 듣던 좋아하는 노래를 공유하고
가보고 싶던 곳을 이야기하며 같이 가자며 약속을 하고
항상 시시콜콜한 대화를 심도 있게 몇 시간을 나눠 이어갔다.

정말 잘 맞는다는 말을 수십 번을 되풀이하며 서로의 넓지 않은 선 안에 공존하고
있음을 느꼈을 때,
나는 되게 당황스러웠다.
왜 어쩌다가 내가 이토록 이 사람을 사랑하게 되었을까.

의문점과 기대가 끊임없이 솟구쳤고
사랑은 아무 소리 없이 나에게 다가와 너의 등에 붙어버렸다.
나는 계속 뒷모습을 바라보며 안절부절 뒤돌기만을 기다리며 시간을 보냈었다.

사실 두려움이 앞서던 사랑의 시작이라는 것을 알면서 애써 외면하고 싶었다.

너무 완벽하게 넘을 수 없었기에 안달났던 그 선이 좋았다.
그 선 안에서 나의 모든 걸 표현해낼 수 있었기에 가장 안정적이었다.

나는 마지막이 기필코 아플 것이다 장담했고, 모든 게 예상했던 결과였다.

나는 너를 흔히 사람들이 쉽게 이야기를 하는 '왔다가 가는 사람들'이라는 타이틀에
존재하던 사람이 아닌
'정말 내가 많이 사랑했고, 나와 잘 맞던 사람'이라고 칭하고 싶어서
너의 행동에 책임을 묻지 않을 것이다.

함께하던 시간의 기간은 길지 않았지만, 진심으로 행복했고 나의 세계를 넓힐 수 있
던 유일한 사람이었다.
처음부터 끝까지의 소중함을 다 설명할 수는 없어도, 시간이 지날수록 더 선명해질
사람이라는 예감은 변함이 없다.

나를 용서하고 싶다.
지나치게 격한 사랑과 관심으로 똘똘 뭉쳐져 평정심을 잃어버리고
원망과 배신감으로 상대방을 미워하던 내 감정에게 이제 그만 잠잠해지자고 타협하
고 싶다.

불안한 관계

사람들이 나에게 우울하지 말아달라고, 그런 글을 쓰지 않았으면 좋겠다고, 행복한 그림을 그리라고 할 때
나는 당황스러움을 급하게 숨겨야 했다.

누군가와 커피 한 잔을 하며 창밖을 우연히 내다봤을 때 한 커플의 애정행각을 목격한 나는 연애에 대한 심오한 생각을 시작하고
샤워를 하며 샴푸를 할 때까지만 해도 나는 내 인생에 대한 관찰을 한다.
좋아하는 술을 마시며 잠시 담배를 피우러 나왔을 때도 내가 방금 던진 이 한마디가 누군가를 깎아 내리진 않았을까 고민한다.
잠시 멍을 때릴 때에도 나를 불편하게 만드는 생각들로 나는 쉽게 우울해진다.

"별것 아닐 거야."라는 말로 나를 계속 자위하며 토닥여야 남들과 비슷한 생각을 가질 수 있다.
함께 어울리기 위한 옷매무새, 불편하지 않을 정도의 유머러스한 말투, 정적이 흐르지 않을 만큼의 깊이의 대화.
모든 것이 타인과 어울리기 위해 노력했던 것들이었다.

"내가 싫으면 네가 떠나렴."
이 말을 하기까지도 얼마나 많은 시간이 걸렸는지 모르겠다.

나는 지나가는 사람들에게 쿨하게 '맞지 않았던 사람'이라 정의 내리기엔 나 자신에게 자신이 없었다.

매 순간 만나는 사람의 매력을 쉽게 찾아버렸고, 짧은 시간동안 누군가를 나에게 중요한 사람으로 남기는 건 내 특기였다.

나는 계속 사람을 원했다.

사랑에 황홀함을 느끼며 지내왔다.

애정에 나약한 사람이 상처를 주는 일 따위가 쉬울 리 없다.

사랑을 못 받는 것에도 자존감이 낮아지는 사람이, 감히 미움받는 짓을 할 수 있는 게 가능하기나 할까.

하지만 그렇게 목마르고 나약한 나는 잘못된 사랑받는 방식 또는 표현 방법에 의해 너무나 쉽게 미움을 받는다.

멘탈이 약해 빠진 나는 미움 한 번에 내 세계가 무너진다.

옐로우 테일이 가져다준 불행

한번 마음을 줬던 사람이 멀어지는 거리는 겪을 때마다 너무나 차갑고 아프다.
익숙해질 법도 하지 않느냐며 핀잔을 주는 사람들 사이에서 나는 매번 아프다는 말
을 참고 있다.

사랑하는 사람과의 기약 없는 관계를 꿈꾼다.
나에게 사랑을 알려준 사람은 자신을 미워할 수 있는 방법은 알려주지 않았고,
그렇게 어떻게 잊어야 하는지 모르는 채로 시간 위에 놓인다.

시간이 해결해줄 거라는 허황된 가설을 믿고 또 한 번 잠에 든다.
함께한 추억을 되새기면 마음이 아프고 멀어진 관계를 깨달으면 눈물이 난다.
이 지긋지긋한 감정은 시간이 지날수록 더 선명해진다.

어떻게 해야 이 사람을 미워할 수 있을까 생각하며 매일매일이 괴롭다.
미워해야만 아프지 않을 수 있으니 계속 모진 생각으로 사랑을 덮으려고 애를 쓴다.
괜찮게 살고 있구나, 이제 정말 아무렇지 않구나, 현실을 바라보면 암담하기만 하다.

아직 감정이 남아 있는 상태에서 최선을 다해 감정을 지우는 일.
구역질이 날 정도로 아픈 새벽이다.

정면 바라보기

어둠을 마주 볼 수 있어야 하는 이유.

우리의 삶에서 밝게 빛나는 날보다는 어둠이 드리워져 빛의 소중함을 느끼는 날이

꽤 많기 때문이다.

피한다고 해결되지 않으며, 좋게 생각한다고 해서 겪지 않을 일이 아니기 때문에

우리는 조금 더 어둠을 정면으로 마주할 수 있어야 한다.

회색 인간

외로움이 많다던 그 사람은 나를 똑같이 외롭게 만들었다.

쓸쓸함과 공허함에 우울해 죽겠다던 이 사람은 그런 사람을 한 명 더 만들어냈고,

그러고는 또 한 번 이 추운 계절에 나를 놓고 떠나셨다.

안녕, 내 사랑

이끌림, 나는 이 단어를 부정하며 살아왔다.

늘 내가 노력을 해야 중간을 가는 삶을 지내와서 그런지 나는 인연이란 게 존재할 리 없다고 생각했다.

초등학교 3학년이 되었을 때, 내가 난생처음으로 완성했던 만화가 있었다.

친구들에게 왕따를 당하는 여자아이가 학교에 나오지 않자, 한 친구가 끝없이 이 친구를 믿어주며 망가졌던 우정을 붙여주었다는 내용, 믿음으로 인해 행복해진다는 해피엔딩의 만화를 그렸다.

시간이 지난 지금도 나는 그런 친구를 원하고 있었다.

그리고 너를 만났다.

나는 살아가면서 말이 제일 중요하다고 생각했기에 처음 본 너의 입에서 나오는 말들은 나를 홀리기엔 제격이었다.

"나는 우울한 사람이 좋아요."

"내 우울함은 책이에요. 원하는 페이지가 있으면 말해드릴게요."

어이가 없었다. 처음 만난 사람에게 이런 말을 건네는 나.

그런 나에게 대답을 하고 있는 네가 운명처럼 느껴질 정도였으니까.

짧은 시간에 너무 깊어져버린 너와 나는 매일 밤 남들에게는 꺼내지 못하는 이야기를 쉴 새 없이 나열했고
공감되는 부분에 한없이 울고 안아주며 외로움을 달랬다.

나의 빈틈이 너로 채워지며 행복하게 시간을 지냈다.

우린 알맞게 맞춰진 예쁜 퍼즐 조각이 아니었다.
반으로 찢긴, 어디에도 맞지 못하는 못 쓸 퍼즐 조각이었으나
함께함으로써 알맞은 크기가 되었다.

앞으로 헤쳐 나가지 못하는 어둠이 있을까? 너와 함께라면 외딴섬에 버려져도 외롭지 않을 것 같았으니까.

함께하는 매일매일이 너와 나의 만화였고, 이 끝에는 꼭 해피엔딩이 있을 것이다 다짐했다. 그리고 어이없게도 우리는 돌이킬 수 없는 강을 건너며 우린 헤어졌다.
나는 우리 관계의 끝은 헤어짐으로 읽고 있다.

그래서 보고 싶어도 볼 수 없고, 만나고 싶어도 만날 수가 없다.
나는 매일 이 빌어먹을 강을 왜 서로가 건너서 작은 형체조차 알아볼 수 없는 거리
까지 와버렸을까 생각한다.

나에게 너는 한동안 나를 고장 내트린 장본인이었다.
나는 내가 누군가를 사랑하면 보이는 모습을 알고 있다.
또 사랑받을 때 나의 모습을 예상할 수 있다.
내 인생에 내 뜻대로 행동할 수 없는 시간은 오직 너와 함께였을 때였다.
보고 싶어 눈물이 나고 함께하고 싶어 악을 쓰는 나를 보며 너를 한없이 미워한다.

아니 사랑한다.

도무지 이 글의 끝은 어떻게 써야 할지 감이 안 온다.
너는 항상 내 인생에서 답이 내려지지 않는 최대의 난제니까.

미스터리 할 만큼 짧았고 강렬했던 너라는 존재가 가끔씩은 너무 나를 아프게 한다.
안녕.

이게 헤어짐인지, 만남인지 모르지만
계속 인사를 할 수밖에 없다.

갈기갈기 찢어진 예쁜 끈

참 웃기지. 나의 기억 속의 당신은 나쁜 사람인데

당신의 기억 속에 나는 너무 착한 사람이라니까 말이야.

같은 시간을 함께했는데 서로가 생각하는 이미지가 너무 달라서 놀랐어.

다시 한 번의 기회가 온다면 나는 이 관계를 시작하지 않을 것 같아.

결과를 좋게 쓸 수 있다고 하더라도

나는 당신과의 관계 속에 틈만 나면 아프고 힘들어하는 그 시간을

다시 견딜 자신이 없어.

당신 앞에서 작아지고 볼품없던 내가 더 이상 보고 싶지 않아.

아픈 사랑

사람의 최선이라는 게 정말 상대적인 것 같지 않니?
절대적인 1순위가 정해져 있다면, 나는 그 사람에게서 계속 2위일 것 아니야.
내가 받는 사랑이 부족하다 생각해도 더 관심을 가져달라고 이야기를 하는 게 투정
으로 보이는 관계는 너무 외로운 것 같아.

별 수 있겠어.
그 사람에게 맞춰 나에게 1순위였던 사람을 2순위가 되게끔 노력을 해야 하고, 더
중요하게 여겨지는 무언가를 빨리 찾아야 관계를 유지할 수 있어.

그 사람이 나쁘다고 어떻게 탓을 해.
그저 내가 관심을 덜 주려고 노력을 해야 하는 사랑을 하고 있는 것뿐인데.

고질병

나를 기억하는 사람들은 두 분류로 나뉜다.
어수선하게 밝은 사람과 지나치게 어둡고 우울한 사람.

감정의 기복이 너무 심한 탓에 나도 나를 제어하기가 어려워졌다.

아무 생각 없이 지내야만 하루를 넘길 수 있기에 술을 마시기 시작했다.
알코올 의존증에 담배를 피우며 안정을 취하니 몸이 못 쓸 만큼 안 좋아졌다.

갈수록 생각의 늪이 깊어짐을 느끼고 있다.

별것 아닌 생각들이 다른 일을 하지 못하게끔 나를 붙잡고, 부정적인 생각이 나를
잡아먹는다.

사람들은 그런 나를 나약하다고 표현했다.
외로움이 많으면서 지독히도 생각이 많으니 정말 최악의 질병이 아닌가?

믿음. 믿음과 사랑이 너무 보고 싶다.
쉽게 지나쳐가는 사람들에게서 많은 것을 바랐나 보다.
나에게 남은 건 상처와 미련뿐.

나를 닮은 것들만 고이고이 모아놨다.

강한 척 덤덤하게 받아들이는 말투가 역겹다.
머릿속으로는 별의별 생각과 상상을 하고 있으면서도 나는 강한 척을 한다.

괜찮은 척, 쿨한 척 나는 이런 이중성의 내가 싫다.
혼자 남몰래 울고 있는 나 자신이 찌질하기 그지없고 이렇게 만든 사람들이 원망스
럽다.

하지만 누구의 탓도 아닌 나에게 문제가 있다는 것을 너무 잘 알고 있다.
그래서 분통 터져서 죽어버릴 것 같다.

힘들다고 말할 수 없다.
나는 매일매일이 힘들고 살아내기가 버겁다.

하지만 웃고 있는 나의 모습을 아는 사람들에게 이런 말을 할 수 없다.
더러운 양면성의 존재를 알게 되면 얼마나 나를 싫어할까.

모순덩어리인 나라는 사람이 살기에는 이 세상 모든 사람들이 잘 버티고 살아가고
있어서 티 낼 수 있는 공간이 너무나 부족하다.

찌질하기 짝이 없는 내가 평안히 숨 쉴 공간이 너무 필요하다.

갑작스러운 우울이 찾아올 때 나는 매번 당황스럽다.
내 마음과 뇌가 함께 가지를 못 해서 마음의 변화를 뇌가 이성적으로 판단한다.

나는 계속 분리되어 있다.
우울에 빠져 죽음을 상상한다.

이 섬세한 감정의 선을 공감해주는 사람이 있기는 할까.
모든 사람이 바뀌어야 할 바엔 내가 없어지는 게 맞다.

어둠을 침대 삼아

매일 밤 현실 자각 타임에 빠진다.

안 힘들고, 안 아픈 하루를 보내는 것보다
팩트에 과한 상상을 덧붙이지 않으려 최선을 다한다.

나는 더 우울에 빠지지 않기 위해 발악을 하며 살아가고 있다.
이것 또한 지겹지만 받아들이는 연습을 꾸준히 하고 있네.

문단의 거짓말

나와 멀어진 많은 사람들에게 고마움을 표하고 싶을 때가 있어.

예를 들면 너를 생각하며 써 내려간 글을 너의 눈치 없이 써도 될 때, 이제는 우리라
는 타이틀에 없기에 더욱 자유롭게 우리의 추억을 쓰는 거야.

가상의 인물과 함께 술을 마시고 진솔한 이야기를 하며 입을 맞춰.

너와 사랑을 속삭이던 그때의 장면들이 이젠 다른 사람들에게 알려지는 소설로 쓰
이는 거야.

같이 울어주는 사람들

위로를 잘 하는 사람들은 대개 약자인 사람들이다.

상처받은 마음을 위로하는 법과, 어떻게 해야 상처의 아픔을 달래야 할지를 너무나 잘 알고 있기 때문에 진심으로 상대방을 생각할 수 있다.

이미 경험했기 때문에 가능한 위로의 말들이다.

그렇기에 더 조심스럽고, 따뜻이 포용하는 능력이 생긴다.

'그때의 나에게 누군가가 이런 말을 해줬다면 나는 그만큼의 상처가 생기지 않았을 텐데'가 전제로 깔리고 들어간다.

가끔은

용서받을 수 없는 우울한 감정이 나를 괴롭히는 날이면 주체할 수 없는 충동에 집을 나와 한강으로 걸어간다.

함께하던 때에는 한강은 나에게 빛이었으며, 우리의 속삭임이 이 강에 빠져 흐른다고 생각했다.

이 장소가 우리의 시간을 가둬놓아 지켜준다고 생각을 했었다.

이 넓은 세상에서 나를 구원해준 너, 불안정한 감정을 '나'라고 인식시켜준 너,

내 꿈을 크게 꿀 수 있게 응원해주던 너는

어쩌면 아름답게 이 강과 함께 흘러갔겠구나.

그래서 이 공간에 혼자 앉아 너를 생각하는 것밖에는 나는 할 수 있는 게 아무것도 없다.

나는 나를 방어하고 사랑하는 데에는 소질이 없었다.

내가 사람들 사이에서 버틸 수 있는 방법은 오직 많은 손을 잡고, 스쳐 지나가며 굳은살을 만드는 것일 뿐.

너는 또 한번 내 굳은살을 단단하게 만들었다.

선천적인 성격

이상하게 남에게 상처를 주는 상황이 올 때도 나는 너무 마음이 아팠다.
더 이상 이 관계를 지속할 수 있는 힘이 없을 때, 나는 이별을 고하는 편인데

혹시라도 이 사람은 나와의 관계를 더 지속하려는 마음이 조금이라도 남아 있을까 봐,
나의 통보에 갑작스러운 상처를 받아버릴까 봐 그것이 너무 걱정되는 사람이었다.

남들보다 죄책감을 더 깊이 가지고, 상처도 두 배로 안고 살아가는 이 성격에 피곤
하지 않던 날이 없었다.
타인의 입장에서 한 번 더 생각을 해야 하는 입장으로 평생을 살아오면서 나는 피폐
해졌다.

많은 사람들이 나의 잘못이 아니라고 안심을 시켜주지 않으면 나는 내 세계를 스스
로 무너뜨리는 사람이다.
얼마나 멍청하고 바보 같은 행동인지 나는 냉정하게 판단을 하면서도, 내면에는 너
무나 자신이 없었다.

자신감은 근자감으로 느껴졌고, 자존감은 자만심으로 여겨졌다.
감히 나 같은 못난 사람이 누군가에게 상처를 입혀도 될까?

나는 나를 너무 잘 알고 있다.

혼자여야 하면서, 절대적으로 혼자 두면 안 되는 사람.
이만큼 모순적인 성향을 가지고 살아간다.

나에 대해 뚜렷하게 말할 수 있는 거라고는 '불안정한 사람'이라고밖에 소개를 못하
겠다.

정의

나에게 사랑이라는 건, 단점을 곱씹어봐도 이 사람에게 정이 떨어지지 않고 곁에 있고 싶을 때.

이 사람의 단점이 너무나 치명적임에도 안아줄 수 있을 것 같은 용기가 생길 때.

나는 그것을 사랑이라 부른다.

나 돌보기

지금까지 내가 느껴온 불행한 감정들은 대개 나를 사랑하지 않아서 생긴 감정들이었다. 남의 아픔은 미친 듯 신경 쓰며, 내가 아플 부분에는 지나치게 관대하다는 게 큰 문제였던 것 같다. 나도 여린 사람인데.

표류

그래 사랑은 수도 없이 힘을 앗아가곤 했어.
나를 무의미한 존재로 만들어놓기엔 최적이었지.

내가 움직이지 못하는 게 과연 나를 제외한 것들이 맞을까, 라는 생각을 해.

간절히 원하는 나의 애절함과 이곳에서 벗어나야겠다는 독기가 사랑을 만나면 무효
화가 되어버려.
그래서 나는 계속 멈춰 있게 되는 것 같아.

원동력을 안겨준 나의 독기를 소멸시켰어. 그리고 나의 아픔도 함께 치료했지.
나는 이제 어디로 가야만 할까. 이곳에 아주 오랫동안 머무르게 될까 봐 두려워.
발전 없는 삶에 대한 공포감이 나약해진 나를 매순간 씹고 있어.

전시장

내가 없는 이곳을 너는 한 번쯤은 들러주길 바라고 있다.
모든 치부의 끝.
나의 이 공간에서 너는 분명 나의 글, 그 안의 등장인물이 너임을 알아차릴 테니까.
내 머릿속에 네가 존재했던 흔적들을 볼 수 있을 테니까.

네가 사랑하던 그림과 좋아하던 글을 넣으며 또 한 번 너를 생각했다.

그러면 네가 나와 닿게 될까.
혹시라도 울면서 나에게 전화를 하지는 않을까.

블랙체리 향

몇 년 전까지만 해도 우울함은 지나치게 고쳐야만 하는 질병이라고들 했다.
하지만 나는 그것이 오히려 다른 우울을 불러일으킨다는 걸 알게 되었고
행복을 빌어주는 사람들에게도 마음의 문을 닫게 되었다.

우울함은 그저 나의 집이라고 생각을 한다.

어두운 색으로 도배되어 있는 나의 집에는 나만의 향기가 난다.
그것이 불편한 사람들은 다시는 이 집에 들르지 않는다.

하지만 언젠가는 누군가가 나와 비슷한 색과 향기를 공유하게 될 것이라 꿈꾸며 살
아간다.
스쳐 지나가는 사람들을 미워하지 않으려고 나는 혼자가 편하다고 최면을 걸어야
했다.

홀로 남겨진 시간을 불편해하는 나에게 혼자가 편한 것이라며 쓰다듬기 바빴다.
그래도 나는 나의 손길이 아닌 타인의 손의 따스함이 더 깊다는 걸 어렴풋이 기억
한다.

인생수업

사람들은 즐겁지 않은데도 웃고, 본질이 가닿지 않으면서도 화를 내고, 황홀하지 않은데도 새벽을 맞이한다. 가슴이 맞닿지 않아도 관계를 맺고, 절망적이지만 밥을 먹는다.

－엘리자베스 퀴블러 로스, 『인생 수업』

어둠 속으로

불안정한 나의 성격을 이해한다고 했던 사람들도 더 이상 나를 돌아봐주지 않는다.

더 이상의 아픔을 원치 않기에 나는 도망친다.
끝없이 나를 숨겨줄 어둠으로 질주한다.

사랑한다고 말해도 그 문장 앞에 '지금은'이 붙어버린다.
헤어짐이 오히려 반가운 내가 과연 누군가와 함께할 자격이 주어질까.

나는 계속 추상적인 단어에 기간을 놓으려 한다.
무한함에 끝을 놓는 것만큼 불행한 일이 있을까
나는 그것을 받아들이지 못하여 망할 것이다.

계속 반복적으로 나를 아프게 할 것이고, 죽일 것이다.

헤어진 사람들에게

나의 우울함이 너무 괴롭다고 이야기했다.

이제껏 자신은 인생의 어두운 면을 다 외면하며 살았다고,
그런데 나를 만나는 그 시간 동안에는 이제껏 외면하고 살던 우울함을 다 직면하게
되었고 그것이 너무 지치게 만든다고, 괴롭다고 울부짖었다.

그래. 외면하며 사는 사람이 있으면, 나같이 직면하며 사는 사람도 있는 거야.

네가 나를 만나서 보기 싫던 어둠을 마주하고 괴로웠던 것처럼
나도 너를 만났을 때 생소한 긍정을 억지로 주입하려고 하는 행동이 너무 괴로웠어.

웃기지.

너나 나나 서로가 안 맞은 것뿐인데도 사람들은 나를 욕하고 있잖아.
나를 또라이라고 생각하잖아.

어느 차 안에서 대화 도중

지금 이 순간에 내 인생의 엔딩크레딧이 올라왔으면 좋겠어.

그 시간

나는 사실 버려진 시간을 여행하는 사람이다.
그 누구도 추억이라 여기지 않았던 째깍거림 속에 애정을 담았다.

잡고 있던 손에서 따뜻함을 배웠고, 날 향한 눈빛에 사랑을 느꼈으며
함께함으로써 영원함을 기약했다.

그 버려진 시간이 나를 너무 괴롭힌다.
너는 기억하지도 못할 매순간 기대의 조각들이 지금의 나를 찌른다.

혼잣말

바보고, 멍청해서 속은 게 아니었다.

내가 정말 좋아하고 믿었던 사람의 마지막을 고작 이것으로 마무리 짓고 싶지 않아서 기회를 준 거였지.

존댓말

언젠가 너에게 그랬었다.

"영원히 당신한테 말을 놓는 순간이 없었으면 좋겠어요. 그렇게 해주세요."

그런 우리의 관계에서 나의 마음을 대변할 수 있던 최고의 대사였다.
너를 사랑하는 나의 마음을 최대한 숨길 수 있게, 그리고 또 이 관계가 그대로이길
바라는 애절함을 담은 한마디였다.

그리고 얼마 안 가 우리는 손쉽게 말을 놓아버리며
내가 바라던 관계는 일찌감치 깨져버렸다.

존댓말로 감춰왔던 나의 마음이 가득 차올라 숨길 수 없게 되었을 때,
반말로 하여금 너를 향해 사랑한다고 말할 타이밍의 순간이 다가왔을 때
어찌 너를 가지고자 했던 나의 욕심을 꺾을 수 있을까.

그렇게 애원하듯 부탁했던 나의 말을 너는 들어주지 않았다.

버리는 관계

관계에 대한 애정도는 많은 노력을 했을 때 소중한 것이다. 만약 상대방을 위한 배려가 없이 관계가 지속되었다면 어떠한 행동을 해도 그러려니 할 수밖에.

이 사람은 이 관계에 아무런 투자를 안 했어.

나의 것

뺏어갔다.
온전히 내가 사랑해주던, 우주만큼이나 깊던 나의 사랑을 뺏어갔다.
너는 작은 상처로 생긴 구멍으로 스며들어왔고 손쉽게 모든 걸 무효화시켰다.

이젠 이 공간 속에는 나의 우주가 없다.

안정감 있던 나의 삶을 돌려내.

2016

행복에 우울이 깃들어 있다.
웃는 얼굴에 슬픔이 있고
맞잡은 손에 바람이 분다.
따뜻하지만 차갑고
말을 하지만 침묵하고
좋아하지만 싫어하고
잡고 싶지만 놓고 싶다.
함께하지만 혼자인 관계.

유서

모든 걸 되돌려놓고 싶다.

많은 것들이 잃어지는 듯한 느낌에 괴로워서 살 수가 없다.
어찌 내 마음 하나를 나열할 공간이 없을 수 있을까.

어떤 조언, 행동에 대한 질타 외에는 사랑으로 감싸줄 수 없는 존재일까.
내가 나를 어둠으로 밀어 넣고 있다.

이건 뭔가 잘못됐어.

무언의 응원도, 티 나지 않는 사랑도 의미가 없다.
회개하듯 누군가에게 안겨 감정을 쏟고 싶다.
그리고 괜찮다며 토닥여주는 따스함이 그립다.

죽어버리자.
없어지자.

괜찮다 말하는 사람들에게 "괜찮지 않다."라고 말하고
나를 부수고 찢어버리고 싶다.

잘못된 삶을 선택하여 태어났어. 나는.

녹슨 애정

모든 것을 통달했다는 듯 사람을 손쉽게 술자리 안주로 만드는 오만함, 우악스러운 집단이 지나친 사랑을 받는다.

흑백사진

그리 정겹지 않던 친구와 여행을 떠났다. 그만큼 가깝지도, 멀지도 않은 관계였기에 가능했었다.

나는 항상 잘 통하는 친구를 만나도 떠날까 봐 지레 겁먹는 답답한 타입이었기에, 오히려 잃을 것 없는 사이라는 강력한 무기를 들고 당신에게 돌발적인 여행 제안을 건넸고, 우리를 이곳까지 데려다줄 수 있었다.

좋은 바닷소리.

밤이 되어 쌀쌀해진 찬바람에 귀가 빨개져 모래사장에 앉아 있던 우리 둘은 한참이나 별말이 없었다.

옆쪽에는 돗자리를 펴고 서로에게 사랑을 속삭이는 커플과, 친구들끼리 놀러 왔는지 한참이나 웃음이 끊이질 않던 목소리들이 귀에 흐르고

이내 큰 소리를 내며 폭죽이 터졌다.

동시에 옆에 있던 너와 눈이 마주치며, 내 마음도 너에게 터져버렸으면 좋겠다고 생각했다.

영화같은 분위기에 나는 사랑하는 사람을 연기하기 시작했다.

너의 입술이 아닌 다른 곳에 신경을 쓸 겨를 따위가 있을까.

손을 잡아달라고 하고는 차가운 내 손과 따뜻한 네 손이 각자 낯선 살결을 느낀다.
우리는 우리 둘만의 클라이맥스 장면을 한 번 더 만들어내고는 별 생각 없는 뇌 속
에서 대화거리를 고르느라 애를 먹는다.

맞지 않는 문장의 조각들을 이해하려는 마음도 없이, 무심하게 자신의 생각을 써 내
려간다.
차라리 일기장을 훔쳐보는 게 오히려 외로움이 덜할 수 있을까?
배려 없는 대화가 사랑이 존재하지 않는 우리를 자극적이게 만든다.

그러고는 먼저 잡아달라고 했던 손을 이기적이게 놓고는 카메라를 들고 하염없이
지금을 담았다.
폭죽과, 깊은 바다, 담기지 않는 음악, 보이지 않는 사랑을 담아냈다.

우리는 한참이나, 시간제한이 있는 사람들처럼 그 시간 속에 있었다.
이 먼 곳으로 여행을 오지 않았으면 손쉽게 약속이 생겼다며 떠날 수 있는 분위기를
몇 번이고 참아내며 괜찮은 척을 했다.

나와 네가 시간 속에 흐르고 있었다.
시간 속에 나와 네가 흐르고 있다.

쿨한 척, 꺼내고 싶은 이야기들을 삼키면 지금의 내 모습이 조금 더 예뻐 보일 수 있
을 수 있으려나.

서로를 위한 여행이었다. 우리는 외로움에 사무쳐 있던 상태였고
잠깐의 휴식을 빌미 삼아 바다가 보고 싶었다.

우리는 그 여행을 마지막으로 다시는 만난 적이 없다.

많은 시간이 지난 지금 그 카메라의 필름을 인화했다.
분명 컬러 필름임에도 불구하고 인화된 모든 사진은 색깔이 없었다.

온통 회색빛 사진들뿐이었다.

영은

부모님과의 다툼을 이야기하며 아침부터 늦은 밤이 될 때까지 함께였지.
차디찬 집의 공기를 두려워하는 아이들끼리 똘똘 뭉쳐진 거야.
가족으로부터 받을 수 없는 사랑을 서로가 나누면 우린 영원할 것 같은 착각을 해.

가장 힘들었던 시기를 너로 인해 버티고 의지하며 보냈는데.
우리의 입장이 많이 바뀌었구나.

공감하지 못하는 스트레스를 내뱉으면
새삼 우리가 다른 길을 향하고 있다는 게 실감이 나.
한 번도 돌아가고 싶다고 느낀 적 없던 학창시절로 다시 돌아가 서로의 상처에 약을
발라주고 싶다.

시간이 흘렀다는 게 슬퍼져.
우리가 다시 예전처럼 많은 것들을 공유할 수 없게 된 게 서글퍼.

최악의 상황 속에서 함께 감정을 토해내던 어린아이들이 단단해진 모습으로 변해버
렸어.
어른이 되어버린 것 같아서 어린 시절로 돌아가 악을 쓰며 힘들다고 울고 싶어.

투정 부리며 너에게 안기던 때가 그리워.

너의 짙은 향수 냄새가 날 안정시키던 그날로 돌아가고 싶어.

우리가 그랬었지

나는 사실 살짝 외로움이 있는 게 좋다고 생각해.

틈이라고 보면 그 틈 사이에 바람도 불고 좋은 향기도 지나가고
머물러 있을 수 있는 그 작은 공간의 아름다움을 알아.

그리 크지도 작지도 않은 거리에서 많은 것들이 오고 가는 게 행복해.

그래서 누군가가 계속 내 틈을 신경 써주었으면 좋겠어.

"우리는 좋은 거리를 유지하고 있구나.
적당한 거리에서 좋은 향기가 지나가고 있네."

알아주었을 때, 나는 더할 나위 없이 황홀해.
나는 네가 주는 작은 외로움이 좋은 틈이라고 믿고 있어.

함께 손을 놓았다고 말해줘

타인이 나의 필요함을 상실했을 때, 나는 스스로 버려짐에 대한 정의를 내리고 싶어하지 않는다. 내가 스스로 혼자이기를 원하기 때문에 소외된 것이라며 자기 자신을 위로하고 쓰다듬기 바쁘다.
누군가로부터 상처받지 않고 서 있을 수 있는 나만의 해결책이니까.

이것이 내가 아픔과 슬픔을 소화해내는 유일한 방법이며, 우울에 빠지지 않게 하기 위한 자기방어인 셈이다.
처음 느껴보는 감정에 대한 의구심, 또는 기대감이 나를 나약하게 만든다. 그 감정에 익숙해질 것인지 소멸된 것인지 지레짐작해야 해결책을 세울 수 있으니 생각이 적을 수가 없다.

이 과정에서 나는 덜 행복하고 덜 아프게 중간의 모습으로 중심을 유지해야 한다.

내가 가지고 있는 얼굴을 의심하고 거울 앞에 아무 표정이 없는 자기 자신을 보며 보여지는 얼굴형에 맞춰 크레파스로 표정을 그린다.
'이것이 내 얼굴, 내가 짓는 표정, 보여지는 나의 감정'이라며 세뇌시키고 더 당당한 모션을 취한다.
설상 현실의 내 얼굴이 공백이어도, 상실에 빠지지 않고 혼자만의 상상 속에서 차갑게 지낼 수 있는 유일한 방법.

한강 바로 앞에서 쓴 글

나는 갑자기 밀려오는 어두운 바다를 밀쳐낼 용기가 없어요.

가만히 서 있는 것만으로도 대단히 여기지만 그 깊이가 계속 차올라서 결국 잠식하고 말겠죠.

수도 없이 아름다운 색깔의 세계를 기대했지만, 손쉽게 가라앉는 나는, 이 세상의 빛을 못봐요.

어둡고, 흐릿한 시야의 두려움이 몇 번이나 나를 겁먹게 만들어요.

신가영

나에게 희망이 보였으면 좋겠어.
나를 잡아주기 위한 사탕 발린 말이 아니라.
정말 빛나고 아름다워 보이는 사람이 되고 싶어.
하지만, 나에 대한 확고함이 부족하기 때문에 불가능한 일이라고 생각해.

내가 빛나는 순간은 분명 모든 걸 포기하고 누군가의 사랑을 원하지 않은 순간일 것을 어렴풋이 느끼고 있으니까.
나는 세상 사람들이 너무 아름답고 멋있어 보여.
이토록 찌질하고 어두워서 계속 주저앉는 나는 그들이 너무 높아 보이기만 해.
그래서 내가 계속 아파.
찬란하고 빛나야 한다는 강박이 나를 계속 아픈 사람으로 만들어.

아무것도 보이지 않는 어둠 속에 희망을 봤어?
나라는 어둠에도 희미하게 빛나는 빛이 있기를 바라.
그래서 발악을 해.

빛나라, 더 빛나자.

20180129

오늘은 사실 정말 되는 일이 하나도 없던 하루였습니다.
원하던 일을 책임감 있게 완수하는 일 자체가 버겁기만 하네요, 저에게는.
흔들리는 멘탈을 다잡는 일도, 기분 나쁘지 않은 선에서 나의 기분을 설명하는 것도
너무 힘들기만 합니다.

해야 할 일이 너무나 많지만, 머리도 마음도 너무나 복잡해서 한 가지 일을 해낼 수
없었어요.
괜찮게 지낼 필요가 뭐 있냐고 바닥 같은 위치에서도 함께하자며 나를 위로하는 친
구가 있었음에도, 대단한 인물이 되어야 한다는 강박이 있어서 지금의 내 모습이 미
칠 만큼 한심합니다.
누군가에게 나의 고민을 털어놓아도 해결되지 않는다는 걸 잘 알고 있기에 혼자 생
각하며 하루를 날렸습니다.

괜찮은 사람의 기준은 왜 쓸데없이 확고해서 그 틀에 맞추지 못하는 나를 계속 미워
하게 되는 걸까요?

미련이 너무 많은 사람이라, 지나간 기회와 남에게 준 상처를 계속 되뇌며 살아갑
니다.
쿨하지 못해서 미안하기만 한 사람이 저예요.

죄책감 없는 내일을 만들기 위해서는 오늘을 최선을 다해 살아야 한다는 걸 알고 있으면서 같은 실수를 반복하네요.

가끔은 말이죠.
이런 치부투성이인 내가 돋보이지 못하게 괜찮은 사람들을 멀리할 때가 있어요.
너무 괜찮은 이 사람 옆에 서면 내가 너무 작아지고 못나 보여서 자격지심마저 생길 때가 있습니다.
이 얼마나 추악하고 못돼 처먹은 생각인가요?

돈을 잘 벌고 내가 정말 괜찮은 사람이 된다면
이런 약자의 자리에 있는 사람들을 불러 모아 다 같이 대화를 나누고 싶어요.

익명을 보장하여 가면을 쓴 사람들끼리 다 같이 자신의 이야기를 하는 거죠.
이름, 나이, 직업 상관없이 거짓 없는 맞닿음을 위해 모이는 거예요.
그리고 그날 우리의 대화로 삶의 따뜻함을 느꼈다면 조금은 희망이 생기지 않을까요?

거울을 사랑하자

누군가를 비판하고 상대방을 나의 기준을 맞추려 하면 그때부터 관계는 어긋나기 시작한다.
그러고는 평생 타인의 기준에 맞추기 위해 노력하며 살아야겠지.

피해를 주는 이기적임은 사랑받지 못하지만
본인의 인생만을 신경 쓰며 살아가는 이기적임은 자기 자신을 사랑할 줄 알게 된다.

단기전

그림을 그릴 때 장기적으로 꾸준히 스토리를 가지고 작업하는 것에 취약한 편이다.

성격상 단기간에 임팩트를 주는 것을 더 좋아하는 스타일이기도 하면서 많은 영화,
만화를 볼 때 딱 킬링 파트가 꽂히면 그 작품을 되게 사랑하게 되는 편이다.
인간관계에서도 어떤 큰 장점이 돋보이는 사람에게 빠지는 편이기도 하기에

짧고도 강렬한 장면을 그리며 사람들에게 생각을 할 수 있는 시간을 만들어주는 것
이 나의 목표이자 작품을 대하는 자세다.

나의 책

상대방을 적는다.

무엇을 좋아했고, 이런 말을 싫어했으며, 함께 이런 곳을 갔고, 어느 시점부터 멀어졌고, 이런 말, 이런 행동으로 인해 서로가 헤어졌을 것이다, 하는 추측.

그렇게 많은 페이지가 완성된다.

달리기

함께 나아가야 할 거리를 나 혼자 너무 앞서 뛰어가는 모습을 보고 등 뒤로 선 사람
들이 떠나간다.

느리게 걷기를 하고 싶다. 누군가와 보폭을 맞춰 걷는 일이 나에게는 왜 이리 힘든
건지 지나치게 날이 선 감정은 계속 나를 예민하게 만들고 감정에 치우치게 만든다.
그래서 계속 뜀박질을 하고 있는 건가.

어차피 맞지 않는 발걸음 탓에 나란히 함께할 수 없다면 함께 걷지 않는 방법으로
나를 방어하고 싶다.

미움

누군가가 나를 싫어하는 게 너무 무서워. 언제나 사랑을 받을 수 없는 걸 알아.
사랑받지 못해서 무서운 게 아니라 내가 가지고 있는 모든 것들을 미움이라는 감정
하나로 흐트려놓을까 봐 그게 겁이 나.

LET ME LOVE MY GLOOM

어느 순간부터 나는 심리적 아픔을 고통으로 승화시키려는 습관이 생겼고, 자살 생각이 나면 놀이동산을 찾아서 절대 타지 못하는 '롤러코스터, 자이로드롭' 같은 기구를 타며 만족을 했다. 언제고 죽을 수 있다는 마음가짐이 있어야 가능했다.

생각이 많고 우울한 날에는 치과를 찾아서 교정기를 조이는 아픔을 자처했다. 그 무서워하는 주사도 마음이 힘들면 하나도 아프지 않았다.

시답잖은 고통으로 나의 힘듦을 덜어냈다.

그러던 중 너희를 만났다.

끝없는 행복과 아름다운 나날들이 지나고, 많은 추억을 뒤로하고 너희와 이별했을 때 나의 사랑스러운 천사들이 사라졌다. 죽어버린 거지.

사랑하는 그녀를 만난 6월. 그를 만난 건 8월이었다.

영화 〈몽상가들〉이라며 우리의 관계를 비유했던 아이들은 한 달 채 되지 않는 시간 동안 너무 영화 같은 나날을 보냈다.

우리의 여름은 한강과 와인이라 부를 수 있을 만큼 수많은 고백들을 술의 힘을 빌려 한강 앞에 던졌다.

너희를 사랑한다고 몇 번이고 소리쳤고 맞잡은 손이 식지 않기를 바란다며 눈물을 흘렸다.

황홀하다는 느낌을 알까? 너무 많은 감정의 색을 가지고 있는 나는 너희와 함께 검은색이 되는 게 좋았다.

우리가 영원하길 바랐으며, 우리가 우리여야 한다는 생각이 너무나 컸다.

하지만 매력적인 너희를 소개시켜 준 게 너무 큰 실수였을까.

매력적인 너희는 서로를 사랑하게 되어버렸다. 너무 잘 어울려서 그게 너무 질투가 나서 몸 둘 바를 몰랐다.

셋에서 둘이 되는 과정이 나에겐 너무 잔인하기만 했다.

나누던 대화가 더 이상 즐겁지 않았다. 너희 세상에 밀려난 나는 한없이 작고 보잘 것이 없어서 매일매일이 괴로웠다.

가장 사랑했지만, 가장 미워하는 존재로 추락해버린 너희를 받아들이기 너무 힘들었다.

2016년 10월,

몸에 타투를 새겼다.

괴로운 새벽을 보내는 나 자신에게 처음으로 선물한 단어였다.

"LET ME LOVE MY GLOOM"

나의 감정을, 나의 어둠을, 나의 우울을 사랑하자고, 제발 나마저 버리지 말자고 몇 번이나 다짐을 했는지.

처음 바늘이 내 몸에 들어왔을 때, 그간의 감정들이 검은색 잉크에 새겨진다.

진흙 같던 나의 감정을 그렇게 첫 타투에 새겼다.

잃어버린 너희를 내 몸에 새겼다.

그때의 그 감정이 아직도 생생하다. 너희가 없는 지난 시간 동안 난 수많은 그리움을 상대해야 했고, 보고 싶은 나의 감정을 절제해야 했다. 우리 셋의 추억과 사랑을 쓰고 있을 때, 아쉽게도 너희 두 명은 나를 제외한 서로의 그리움을 남기고 있다.

오늘은 2년 전에 처음 새긴 타투가 욱신거린다.

ending

아무리 사랑했던 사이라고 해도, 서로를 소중히 여기던 관계가 있다 한들
마지막 헤어짐에 '사실 너에게 한 모든 말, 행동은 진심이 아니었다.' 이 한마디로
공들여 만들어놓은 세계를 무너뜨리고 깊은 곳을 공유하던 나의 감정을 무쓸모하게
만들어버린다.
젠장 나는 또 함께 영화라도 찍는 줄 알았더니, 결국 영화는 끝이 나는구나.

중무장

모든 문제점을 나에게서 찾으려고 하는 습관이 있다. 망가진 관계와 스쳐 지나간 사람들에게 항상 미안해했다.

이토록 부족하고 못난 나라서 우리가 엉망이 되어버린 것 같다며 울부짖었다.

틀어짐의 출처를 나에게서 찾으려 하는 습관이 고쳐지지 않는 이상, 누구에게도 마음을 줄 수 없다.

0515

1년이야. 아니, 1년 2개월 정도가 되겠구나. 너와 멀어진 후로 단 한순간도 너를 잊어
본 적이 없었어.
내가 얼마나 널 사랑하는지 모를 거야. 오죽하면 너를 모르는 사람이 없을 정도라니
까? 주변인들이 너를 다 형상화시켜 놓을 수 있을 만큼 이야기를 많이 해놓았어.

똑바로 이야기를 하자면, 지독히 미워했다가 너무나 사랑하게 되어버렸지.

왜 나한테 말도 안 되는 사랑을 알려주고 가버린 거야. 내 머릿속을 네가 차지한 후
로 나의 글, 그림에 많은 영향을 미쳤어.
도저히 사랑이 가득 차올라 내 그릇에 담을 수 없을 때 연락을 한 거야.

그리고 너는 따뜻하게 대답해주었지. "응 가영아."

나를 우울하게 만들던 건 네가 대답이 없거나, 나를 거절할 것이라는 부정적인 생각
때문이었나 봐.

너를 만나 술잔을 기울이던 날 나는 멀리서부터 오는 네가 너무 사랑스럽기 그지없
었어.
추운 날 밖에서 40분 기다리는 건 아무것도 아니라는 생각을 했지.

오랜만에 널 봤어. 야위어서 마음이 아팠지. 하지만 여전히 너의 미소가 아름다워서 눈물이 날 뻔했단다.
그리운 목소리에 내 이름이 새겨질 때 나는 황홀했어.

울지 말자고 다짐했지만 몇 마디 나누지도 못하고 눈물을 보였어 우리는.
얼마나 많은 이야기를 정리해서 갔는지 넌 모를 거야.

인스타그램 검색 창을 누르면 가장 많이 검색한 사람이 첫 번째로 뜨잖아. 나는 항상 네가 내 첫 번째였어.

이 말이 끝남과 동시에 너도 너의 휴대폰을 보여줬지.
맨 첫 번째 줄에 있는 나를 보고 우리는 또 말이 없었잖아.

하필 막차, 왜 우린 멀리 살아서 그 황홀한 시간을 세 시간밖에 못 누린 걸까.
헤어지기 전에 한번만 안아보자며 나를 꼭 껴안는 너를 보면서 나는 우리가 하나 됨을 느꼈어.

그리고 그날은 다른 날보다 더 우울했어.

너와 당장 함께 할 수 없음에, 우리가 예전처럼 돌아갈 수 있을까 하는 불안함이, 다시 너와 멀어질 수 있는 관계에 놓여지는 게 겁이 나더라고.
네가 다시 내 인생에 들어왔으니, 나는 또 수없이 방황을 하게 되겠지.

관계 유지에 재능이 없을 수 있잖아요?

나는 나에 대해 미리 알려주는 습관이 있다.

유년기, 힘들었던 과거사에 대해 미리 언급을 한다.

나는 이런 사람이라 때때로 무너지고 우울에 사로잡힌다고 알려야 한다고 생각했다.

항상 이런 이야기에도 곁에 남아주는 이들을 사랑했다.

먼저 누군가를 좋아하여 나의 어둠을 숨기고 만나다 보면 상처를 받았다.

그 무게를 감당하기가 어려워 자발적으로 이별을 감수했다.

음침한 내가 싫다 하여 성격을 바꾸려고 노력했던 때가 있었다.

잘나지 못한 모습을 무시하는 사람들 때문에 나를 가꾸기 시작했으며, 의존하는 내가 부담스럽다 하기에 나는 그 사람이 신경 쓰지 않을 만큼 바빠지려 했었다. 근본적으로 자존감이 낮았던 게 문제였을까.

나는 아직도 마주해야 할 어둠이 많다.

상대적인 아픔과 우울함의 크기를 스스로가 판단하고 훈수를 놓는 행위를 그만두어 줬으면 하는 바램에 나는 계속 부적절한 평가 속에서 끝없이 어둠을 그리겠다.

나는 앞으로 타인을 만족시키기 위해 변화하는 행위는 그만둘 것이다.

어두운 이들에게 나의 그림으로 고작 한줄기 빛이 되려고 노력할 것이다.

모임

작은 호의가 사랑으로 느껴지는 사람들은 아픈 사람들이야.
아픈 사람에게 연민으로 다가가면 안 돼.

나에게 준 관심이 연민이라는 걸 알아버리면,
반대로 더 불쌍하려고 노력한단 말이야.
아파야만 사랑을 받는 줄 알고 착각해버리니까.

이런 사람들은 보통 보편적인 생각으로 우울에 빠지지 않아.
굉장히 자극적이고, 부정적이며 끝은 파멸에 가깝지.

자위를 까먹은 사람들의 모임 이런 거 만들어주고 싶어.
가식 없이 순수히 서로를 사랑하는 사람들만 데려다가.

헤어질 땐 "지금까지 고마웠습니다. 이제는 사랑하지 않는 것 같아요."
하면서 애간장 태우지 않는 깔끔한 이별을 하는 사람들.

아름답잖아.

착한 사람

그저 남들에게 미움을 받고 싶지 않아서 웃었던 것뿐이었다. 이기적인 나는 모진 모습 한 번을 용납을 못하며 자기검열의 시간 속에 스스로를 외롭게 만들었다.

착하지 않아도 된다. 다른 사람들과 맞지 않은 부분을 동그랗게 설명하는 법을 배워두면 되는 것이었다.

내가 바뀌고, 내가 감수한다고 해결될 문제들은 하나도 없었다.

진흙 속에서 헤엄친다는 기분으로 인간관계를 했다.

우울하지만 웃어야 하고, 다른 이의 기분에 맞춰서 하기 싫은 행동을 일삼았다.

그만할래

열의에 가득 차 누군가에게 기대했던 때는 참으로 열정적이었다.
실패하는 관계가 두려워 애를 썼고, 하지만 내 열정을 알아차리지 못한 사람에겐
'부담스러운 사람'으로 기억된다는 걸 안 이후부턴 감정을 대충 줘버린다. 상처받든
말든 상관없어.

더 이상 참다못해 끝내는 인간관계는 하지 않는다.
나도 너와 멀어질 수 있고 너의 행동에 화가 날 수 있다는 걸 티를 낸다.
둘의 관계에서 헤어짐을 말하는 건 너와 나 둘 중 하나지.

오로지 너에게만 나에게서 실망할 수 있는 권력을 쥐어주지 않았으니까.

나를 찾아줘

내가 아닌 것들로부터 상처를 받고 아파하던 나날들이여 이제 안녕합시다.
많은 경험을 필요로 했던 이유는 내가 옳고 그름을 판단할 수 있는 능력을 가지기
위함이었고 이제는 스쳐 지나가는 향기에도 내가 자발적으로 '좋고, 싫다'라고 이야
기할 수 있습니다.

이다지도 나의 모습을 만들기까지 얼마나 많은 흔들림을 견뎌내야 했는지 생각해보
면 내가 대견하기도 합니다.
타인의 눈에 맞춰 바뀌던 나는 오로지 다른 손길에 의해 아파하고 행복해했죠.
이제는 내가 나를 쓰다듬어주며 사랑한다고 말을 합니다. 남의 말로 인해 아픈 게
아니라 스스로의 채찍질에 힘들어합니다.
얼마나 많은 발전인가요? 비로소 나의 삶을 살기 시작했으니까요.
행복합니다. 누군가를 미워하며 살아가지 않아도 되어서, 누군가를 사랑하며 살아가
지 않아도 되어서.

퐁네프의 연인들

그거 알아? 우리의 한 시절이 끝나던 때, 추억을 담은 와인과 맥주가 몇 번이나 밤을 울렸는지. 외로운 감정을 사람으로 채우는 습관이 나를 얼마나 망가트렸는지 알 수 없을 거야. 하필 네 손은 너무 따뜻해서 난 차디찬 방 안에서 너의 온기를 잃어버리지 않기 위해 발악하고는 했어.

일부러 함께 듣던 노래를 반복 재생해놓고 눈을 감아. 타임머신을 타는 거야.

행복을 다시 겪지만 헤어짐에선 또 한 번 아픔을 겪지.

떠난 너를 보내지 못하는 나의 미련이야. 이렇게 계속 엉망이야.

애증의 살인자

무례함으로 똘똘 뭉쳐진 우리는 이 성격을 솔직함이라 이야기를 했다. 상대방을 배려하지 않던, 오로지 나를 위해 뱉던 고백들로 공격하고, 얼만큼 우리가 서로를 안아줄 수 있는지 시험하며 시간을 보냈다.

1년 같던 우리의 한 달. 하루 같던 우리의 1분.

너는 화를 내는 법을, 나는 포용하는 법을 익혔다.

운 좋게도 우리는 표현하는 데에 도가 트인 사람들이라, 이별에서도 서로를 형상화한 글만 남겨놓았다.

우리의 언어, 함께 들었던 음악, 서로를 위해 내던져진 추억을 기억한다.

짧은 시간이 이토록 서로에게 강렬히 남겨질 수 있던 건 지나쳐버린 소중함에 대한 성찰이 너무 깊던 성격이 한몫했었다.

잔인한 현실을 예술로 탈바꿈하기까지 얼마나 많은 고민과 시련이 있었을까. 나는 그 마음을 이해하고 너 또한 나를 안아주었다.

나와 너 사이에 강렬한 붉은 실이 아닌, 서로를 비추는 거울이 있었기에 함께할 수 없었다. 너를 사랑하려면 일단 비치는 나부터 사랑할 준비가 되어야 하는데, 그것이 안 돼서 혐오스러웠다.

같이 죽어버리자고 널 안았어야 했을까. 함께 진흙탕에 빠져버리자고 널 회유해야 했을까.

아직까지도 물음표만 애절하게 울부짖는다.

終, 끝낼 종

수도 없이 지구가 종말한다는 소문을 들었다.

정해진 기간이 되면 우리는 모두 죽음으로 내몰린다는 소식을 들었을 때, 한편으로는 마음이 편안했다.

사랑하는 이를 먼저 보내고 힘들어할 사람 없이 모두 깨끗하게 무(無)의 상태로 마무리를 할 수 있다면 얼마나 행복할까.

아무래도 이제는 사람들의 근거를 바탕으로 한 종말설을 믿지 않게 되었다.

스스로 나의 끝을 정해놓고 살아간다. 마지막은 자살이며, 하고자 했던 모든 것들을 완벽히 수행했을 때 미련 없이 이 세상을 떠나자고 약속했다.

아쉽게도 행복하다는 마음은 나의 우울함을 이기지 못한다. 시도 때도 없이 찌질해지는 나를 바라보며 이제는 죽음으로 안도시킬 수밖에 방법이 없다.

감정이 치솟을 때는 어제 못 다한 일과 내일 해야 할 일이 생각이 나서 또 한 차례 죽음의 고비를 넘긴다.

살아가는 게 아닌 타인에게 내 죽음이 해가 될까 봐 그게 무서워 또 살아낸다.

한번은 한강 앞에 앉아 한 걸음만 내디디면 죽을 수 있는 곳에서 수많은 생각을 했다.

이 강이 나를 끌어당긴다. 조금 더 편해질 수 있다고 위로한다. 따뜻한 곳은 여기라고 회유한다.

끝내 한 발자국을 내딛지 못했던 이유는 간단했다.

'전시를 하기로 했는데, 여기서 내가 죽어버리면 어떡해.'

이 전시는 나를 또 한 번 살려낸 거나 다름이 없다.
앞으로도 계속하고자 하는 일을 벌여놓았을 때 그것들이 날 살리겠지.
그렇게 죽음으로부터 생존해야겠다.
그리고 더 이상 아무런 생각이 들지 않을 때 미련 없이 사라질 것이다.

"저 사람은 원래 여기에 있어야 해요. 저와 바꿔주세요 제발요. 제발요!"

매우 아팠던 날, 너의 꿈을 꿨어.

지구 종말이라 가까스로 3일 정도를 보낼 수 있는 지하대피소로 운 좋게 나는 남겨

졌고, 너는 운이 나쁘게 나오는 다른 공간에 남겨졌지.

순간 나는 손을 들어 너와 나를 바꿔달라고 소리쳤어. 은연중에 내가 너를 더 사랑

했나 봐.

너의 죽음을 볼 낯이 없어서, 그렇게 몇 년이 지나 너의 이름을 불러봤어.

기대에게 기대다

때로는 나의 힘듦을 나 스스로가 아닌 다른 누군가로부터 알아채주길 바라는 마음
이 들 때가 있다.

문득 내 자신도 모르고 있던 우울을 타인이 먼저 알게 된다면, 분명 그 사람과 나의
관계가 얼마나 소중한지 알게 될 것이다.

누군가가 나를 주시하고 있었구나, 라는 안도감에 뜨거운 눈물을 흘려도 흐른 자국
의 시린 차가움은 느끼지 못할 것이다.

그리고 나는 계속 선을 그어 나를 가두고 거짓말을 한다.

그 거짓말을 알아줄 누군가를 기대하며.

문장의 의미

문장에 담긴 수많은 의미는 내뱉지 않으면 아무도 알아주지 않는다.

'나는 원래 사람을 못 믿어. 하지만 너라면 내 모든 걸 던져서라도 사랑을 지키고 싶어. 너와 함께라면 황무지 같은 내 삶이 빛이 될 준비가 되어 있어. 나에게 너는 너무 특별해. 나를 떠나지 마. 그리고 함께 이 어둠을 지켜줘. 내 손을 잡자.'

"그러니까 내가 많이 사랑해."

입춘

날씨가 좋네요. 추위에 떨 필요도 없고, 더위에 짜증이 날 일이 없는데
꾸미기 좋아하는 우리 둘은 얇은 옷을 걸치고 산책을 하며 이야기를 해야 하는데 존
재하지를 않아요.
서로의 부재에 바람이 들고 있는데 혹시 그 차가움이 느껴져요?

부재의 이유

어떠한 계기로 가까워졌는지 기억이 잘 안 나는 사람이 있다.
그건 아마도 서로가 모르게 깊게 스며든 관계가 아닐까 생각해.

나에게 어느 순간부터 필요한 존재가 되어버린 거지.
없으면 허전함을 뛰어넘어 기분이 나빠.

왜 옆에 없는 건지 이유가 필요한 사이야 우린.

사랑의 모순

나의 내면의 모든 걸 다 토해내도 나를 사랑해주는 사람에게 우정의 감정이 아닌, 사랑의 감정을 가지는 것.
그리고 호감이 있는 상대방에게 나의 모든 걸 보여줘도 될까 하는 두려움이 나를 사랑에 빠지지 못하게 만든다.

심연의 항해

나를 불편하게 만드는 네가 싫다. 온전히 평화롭던 내 세계가 너의 음성으로 인해 흔들린다.

불안함은 커질수록 나는 계속 약자가 되고 이렇게나 기울어져 있는 관계에서 나는 얻을 수 있는 것이 없다.

그것을 잘 알기에 중단할 것이다. 우리 관계는 끝이 날 것이라 예상한다.

괴랄스러운 나의 사랑은 실패해야 온전하다. 아픔을 내딛고 평온한 바다를 찾았을 때, 외로움이 동반하는 낡은 배를 아낀다.

오만

손쉽게 남의 감정을 '오글'이라고 표현하고, 기분 나쁜 걸 표출했을 때 '예민'으로 치부하는 사람들이 정말 밑바닥의 감정을 가지게 되었을 때 "너보다 힘든 사람들 많아. 엄살 피우지 말아라."라는 대답을 듣기를 바란다.

To

유일무이한 나의 사랑. 네가 나에게 남겨준 이 상처를 딛고 일어났어. 이젠 더 큰 아 픔을 견딜 수 있을 만큼 용감해졌단다. 나를 이토록 단단하게 만들었던 건 네가 나 에게 준 이별이 아니었어. 너와 함께한 찬란했던 추억들이 날 성장시켰어. 그리고 포기하는 법을 터득했고 잔잔한 그리움에 중독이 되어버렸어. 너는 아프거나 우울 해하면 안 돼.

네가 불안정할 때 어떻게 해주어야 하는지 나는 너무 잘 알고 있어. 하지만 어떠한 말도, 위로도 해주지 못하는 상황이 죽을 만큼 괴로워서 날 무너뜨려. 나를 다시 살 게 하고 싶다면, 내가 들어갈 빈자리는 남겨두지 마.

어쩌다가

나는 무슨 믿음으로 너에게 발랄했을까. 너는 이미 나를 미워하고 있었는지도 몰라. 눈치 없는 우리 관계를 이미 너는 정리했구나. 그걸 이제야 알아챘어, 바보같이. 항상 이런 일이 부지기수야. 그래서 또 죽어버리고 싶어. 한심한 나를 내가 죽어버리고 싶다구.

삐뚤어진 관계

의무감에 나를 만나주는, 책임감에 나를 불편해하면서 떠나지 못하는 애증이 뒤범벅된 사랑이 좋다. 내가 권력을 쥐고 있는 것 같은 착각이 행복하다. 그리고 날 떠나는 그 사람들을 미워하다가 원망하다가 용서하겠지.

착각에 빠지고 싶어서 시작한 관계의 책임은 오로지 나에게만 존재한다.

그 사람에게 나의 모든 감정을 바친다.

강렬한 선물

나의 세계를 흔드는, 내 마음을 따뜻하다 못해 뜨겁게 만들어줄 사람이 나타났다.
밤새 남들은 이해하지 못하는 수많은 대화를 주고받으며 서로를 껴안았다.
음 나는 너의 목소리에 맞춰 내 생각을 정리하는 게 매우 좋았지.
너는 항상 틀에 갇히면 안 된다며, 나의 부족한 부분을 다 수용해주었고 남들은 절
대 이해할 수 없는 많은 부분을 따뜻하게 감싸주었어.

'틀렸다'가 아니라 '다르다'라는 말로 자연스럽게 내가 변할 수 있게 만들어준 거야.

우린 가끔 이마를 맞대고는 서로의 온도를 느끼지.
아직 따뜻하다고, 우린 아직 유효한 관계라며 손을 잡고 내 손에 키스를 하곤 해.

타인을 위해 변화하려 했던 나를 잡고서 말했어.
"난 지금의 너이기 때문에 좋아한다고. 다른 사람들과 똑같아지지 말아달라고."

불완전한 나라서 좋다고 그대로 함께하자고 날 다듬어주는 널 보면서 많은 눈물을
삼켜야만 했어.
이런 못난 내가 싫어서, 또는 과분한 사랑에 몸 둘 바를 몰랐어.

하루는 새벽에 네가 추천해준 우울한 음악에 맞춰 글을 썼지.

제발 너만큼은 뺏어가지 말라고 신께 빌어버렸어.

너와 함께한 이 순간만큼은 행복하다고, 확신한다고.
제발 나에게서 쉽게 널 떼어놓지 말아달라고 몇 번이나 기도를 했는지 몰라.

너를 만나고 어렵사리 헤어진 뒤, 집에서 수많은 눈물을 흘리며 글을 써.

나는 정말 행복해서 불안해.

너무 좋아서 훗날의 이별이 벌써부터 불행해.

안녕 안녕 또 안녕

제아무리 많은 시간을 함께하고 감정을 나누었던 사람이라도
본질 자체를 서로가 이해하지 못하고 받아들일 수 있는 시간이 적어진다면
이 사람이 없었을 때의 시간과 있었을 때의 시간을 비교하면서 멀어질 준비를 한다.

함께 시간을 보내고 있지만 나를 존중하지 않는 사람과의 관계에선 너무나 외롭기
마련이다. 감정이 맞물린다는 것은 너무나 어렵다.

내가 그 사람의 입장이 되어 생각을 하고 그 사람이 나의 입장이 되어 생각하여 행
동한다는 것, 그것이야말로 기적이 따로 없었고

미련은 남아도 좋다.

후회는 훗날이며, 지금 당장 내가 숨을 쉴 수 없다면 보내는 것이 맞다.
그 사람을 안고 있던 손을 놓아주는 것이 서로를 위한 일일지도 모른다.

같은 마음으로 함께 지낸다는 것 자체가 일어나기 힘든 일이라는 것을 받아들인다.
그 사람이 이상하고 내가 이상한 것이 아닌, 우리가 맞지 않기 때문에 이별하는 것
일 뿐 그 누구의 잘못도 아니라는 걸 인정해야 한다.

사각형

너는 툭하면 나에게 당근과 채찍을 주는 사람이었지.
나의 좋은 점과 나쁜 점을 함께 말하는 너는 결코 나에게 좋은 사람은 아니었어.
내 자존감을 올려주는 즉시 바로 추락시켜버리니까.

정상적인 성격이 아닌 나는 사랑을 못 받을 것이라고, 나 같은 사람을 온전히 사랑
해주는 사람은 존재하지 않는다고 칭찬과 섞어 이야기를 하곤 했지.

불행히도 나는 칭찬보단 비난이 크게 들리는 사람이야.

나는 희망이 사라지는 듯한 기분에 괴로워하면서도 너의 곁을 지키고는 했어.
몇 번이나 우리를 '헤어져야만 하는 관계'라고 다짐하면서 말이야.

재미를 위해 이 관계를 유지를 하기엔 내 마음이 넓지가 않았어.
넌 여전히 내가 너를 떠난 이유를 알 수 없을 거야.
분명 시간이 오래 흘러서도 알 수 없을 테고.

나에겐 축복이지만, 너에겐 불행 같은 일이 아닐 수 없을 거야.

많은 꽃다발을 선물해준 너였지만, 시들어버린 꽃에 슬퍼하는 나를 너는 몰랐으니까.

확신

나를 닮은 너는, 너를 닮은 나는 틈만 나면 이별을 두려워했어. 두 눈을 마주치고는 웃으며 사랑한다고 속삭이지만, 그 후에는 눈물이 고일 때가 있었어.
하루는 내 눈을 맞추며, 동공과 키스하듯 마주봤지.

"우리가 언젠가는 헤어지겠지만…."

그리고 흔들리는 동공이 반짝이는 걸 봤을 때, 우리의 이별은 생각보다 많이 절망적이고 견딜 수 없을 만큼 아플 것이라는 걸 예상했어.
그날 밤, 너는 나에게 사랑과 고통을 알려줄 사람이라는 확신이 들었어.

Good bye happiness. Hello sadness

태어날 때부터 우울한 게 당연하고 슬픔이 익숙한 사람은 없다.
그런 환경에서 태어나 많은 시행착오를 겪고 나니 이제 투정 부릴 힘도 없다는 걸
보여주는 것 같다.

발버둥쳐보려 안간힘을 써봐도 변하지 않는 건
행복은 나의 고독한 마음을 한번 달래주려고 잠깐 들른 손님 같다.
영원하리라 생각할 수 없는 불안한 행복.
나는 행복을 그렇게 생각한다.

이제는 내 아픔도 안아줄 거야

그때로 다시 돌아가보려고 한다.
나와 맞는 공간인지, 아닌지조차 둘러볼 수 없던 불안했던 그 시간으로 돌아간다.

이제야 나는 도망쳐왔던 아픔을 마주할 용기를 가지게 되었다.
수많은 상자를 짊어진 어린아이는 그 상자의 무게를 가늠하기도 전에 도망쳤다.

'왜 나에게 이런 일이 생기는 걸까?'
'나는 이것들을 감당할 수 없어.'
'너무 불행해.'

부담스러웠던 이 상자들을 하나하나 꺼내보며 감당해낼 수 있는 것과 빈껍데기일
수도 있는 가능성을 포기하지 않고 확인할 것이다.

나는 이제 이것들이 무섭지 않다.
도망치지 않는다.

그만큼 되돌리고 싶던 시간을 바로잡고 싶다.

불안을 꿈꾸며

이 세계에선 내가 있으니 안심하라고,
나는 너를 떠나지 않는다고 나의 손을 잡아주세요.

수면장애가 있습니다.
엘리베이터를 타고 급속도로 낙하했다가 갑자기 치솟아 오르는 갑작스러운 속도의
변화를 몇 년간 꿈을 통해 연습을 했습니다.

이제 어느 정도 숙달이 되어 엘리베이터를 타면 자연스럽게 손잡이를 잡고 참아내
게 되었습니다.
그리고 항상 생각하죠. "또 이 꿈이구나."
그다지 놀랍지도 않은 속도를 경험하고 나니 이제 제 꿈에 더 다양한 스토리가 추가
됩니다.

이전까지는 개연성 없게 펼쳐지던 꿈의 내용이 엘리베이터를 타면서 중간부에 연결
이 된다는 거죠. 내가 만나왔던 사람들이 비슷한 성격을 가지고 현실과 비슷하게 멀
어지기를 반복합니다.

있을 법한 내용으로 나는 한 번 더 새로운 에피소드를 가지고 이 사람과 이별을 해
야 합니다.

그리고 눈을 뜨면, 과연 이 세계는 진실된 나의 세계가 맞을까에 대한 의문이 말도 안 되게 반복됩니다.

그 세계에선 모든 일들이 현실 같고, 있을 법한 내용들이라 눈을 뜬 지금에도 이 모든 게 그 세계의 일들처럼 현실감이 없게 다가옵니다.

언제부터인가, 두 개의 세계에서 두 가지 인생을 살고 있다는 생각이 들었을 때 너무 혼란스럽습니다.
디테일이 추가되고, 오죽하면 듣는 이마저도 실제로 경험한 것이냐고 물어보는 이 수면장애 때문에 눈을 감아도, 눈을 떠도 편할 날이 몇 없습니다.

때로는 행복하다고 느끼고, 때로는 불행하다 느끼는 감정이 눈을 떴을 때도 지속이 되니 미쳐버릴 것 같습니다.
눈을 떴을 때 당황스러운 나에게 내 손을 잡고는 이렇게 말해주는 사람을 만나고 싶습니다.

"여기가 너의 세계야."

그리고 언젠가는 이 사람이 내 꿈에도 나와 내 손을 잡고 말해준다면,
나는 비로소 두 개의 세계에서 안정적이게 하루를 보낼 수 있겠죠

그때를 위해 조금 더 손을 펴놓고 자는 습관을 길러야겠어요.

어느 밤의 한탄

혼자 가파른 길을 휘청거리며 와인을 마셨습니다. 약간의 취기가 오르면 낯선 이에게 나의 이야기를 털어놓고 싶어지는 이상한 술버릇이 있습니다. 그렇게 대개 준비되지 않은 관계를 시작했지요.

좋아하는 노래 취향이 비슷하면 그 사람에 대해 이끌림이 더해졌고, 비슷한 아픔을 나눌 수 있다면 사랑이라고 착각해도 속아줄 수 있었어요.

그렇게 와인 한 병에 만족이 되지 않으면 소주와 맥주를 섞어 내일이 없는 사람처럼 취하고는 했습니다.

내가 웃을 때 같은 템포로 웃음소리가 흘러나오는 사람과 예술에 취해 세기말 작가들처럼 대화를 이어가면 우리는 마치 영화 속 주인공들처럼 아침 해가 뜰 때까지 조잘거림을 멈출 줄 모릅니다.

향초 하나를 켜놓고 얼굴을 맞대고 대화를 나누면 이상하게도 이 사람이 잘생겨 보이는 착각이 일어납니다. 나를 바라보는 눈동자에 촛불 하나와 내가 비치면 키스를 하고 싶고요.

머릿속으론 우리가 오늘의 끝까지 가는 상상을 하지만 이윽고 나는 알아챌 수 있죠. 나는 이런 대화, 분위기, 술이 함께 어우러지는 상황을 사랑한 거지, 이 사람을 사랑한 게 아니라고요.

스스로의 착각에 빠져 몇 번의 실수를 반복을 하고 나면 나는 절제를 안 할 수 없게 됩니다.

그렇게 다정한 눈빛을 가진 사람을 뒤로하고 급하게 자리를 정리하고 혼자 거리로 나와 하늘을 보면 내심 기특하기까지 합니다.

'인생을 아름답게 살기란 너무나 어렵겠지만, 그래도 미래의 실수를 자처해서 저지르진 말자.' 또 한 번 생각에 잠긴 채 사랑하는 노래들을 듣다 보면 그 공허함 속에서 보고 싶은 얼굴들이 몇몇 떠오릅니다.

온 힘을 다해 사랑했던 사람의 얼굴들이 파노라마처럼 스쳐 지나가면 괜스레 눈시울을 붉히며 집을 향해 걸어가곤 합니다.

왜 이 세상의 과거형들은 이만치나 슬플까요. 더 이상 예전만큼 함께 할 수 없다는 사실에 우울감에 빠져버립니다.

회복되지 않는 우울함은 독이기도 하면서 약이 되는 것 같습니다.

이런 스쳐 지나가는 사사로운 일에도 글을 쓸 수 있게 만들어주니까요.

나는 오늘 밤에도 술기운에 취해 낯선 이에게 말을 걸게 될까요.

오늘은 함께 밤을 보낼까요. 아니면 키스를 하게 될까요. 그것도 아니면 집으로 돌아오는 길에 행복한 상상으로 우울함에 빠지지 않게 될까요. 그러면 내일은 술에 취해 집으로 돌아오는 일이 없을까요?

2018.3.9.
신금현 박윤정 신가영 신자영

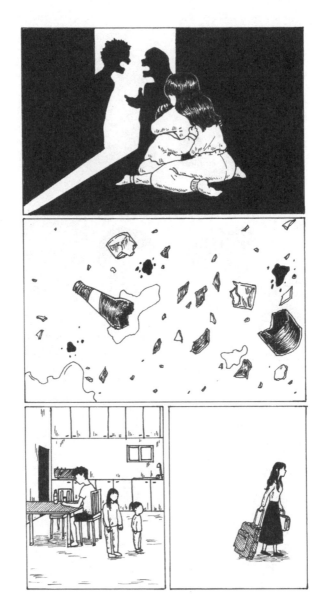

2018.3.9.
잦은 싸움, 불안함, cass병, 이혼

2018.3.9.
세 식구, 칫솔 세 개, 와동체육공원, 엄마의 눈물

2018.3.9.
와동중학교, 엄마의 남자친구, 앰뷸런스, 엇갈림

2018.3.9.
THIS 담배, 참이슬, 인슐린, 새벽의 전화

2018.3.9.
죄책감, 엄마의 집, 눈물, 외로움

2018.3.9.
고시텔, 경기모바일 과학고등학교, 남자친구, 영원한 이별

칫솔 세 개

내 인생은 원치 않던 탄생이라는 이름 아래에 날 때부터 잔혹했고, 온전치 못한 환경에 의해 강인하고 굳세게 살아가는 만화 주인공의 프레임이 강요되었다.
하루는 지독히도 슬프고 눈물이 나서 모든 게 싫어졌다가도, 하루는 모든 게 선물같이 느껴지는 희비가 갈리는 일상을 지냈었다.

나의 삶은 물음표로 정의되었다.

왜 나는 부모님이 항상 부재여야 하나, 집이 괴로운 공간이어야 하나, 친구들과 쉽게 어울리지 못하나,
책임감을 항상 가지고 동생을 챙겨야 하며, 엄마의 대신이며 아빠의 대신으로 살아가야 하나,
왜 나는 하고 싶은 일이 아닌 돈을 많이 버는 직업을 가져야 하지? 항상 이런 작은 일에 흔들리고 아파해야 할까? 왜 의문을 버리지 못하고 받아들이지 못하는 걸까?

왜?

모든 일들이 나로 인해 일어난 게 하나도 없었다. 나의 잘못으로 인해 벌어진 결과들이 아니었다.

하지만 모든 것에 의문을 품으면 내가 슬퍼졌고 열심히 사는 부모님을 원망하게 되어버릴까 봐, 그대로 받아들이며 지내야만 했다.

그렇게 했어야만 하던 상황이었으니까.

부당한 환경 속에서 내가 참을 수 없던 것은 딱 한 가지였다.

모든 아이들이 똑같은 실수를 했어도 오직 내게만 따라 붙었던 꼬리표.

"엄마가 없대."

사회는 엄마가 안 계시다는 이유로 나를 동정했다. 그러고는 또 무시했다.

그것을 어린 나이에는 도저히 참을 수가 없었다.

자극적인 타이틀이 초등학생 때부터 지속됐고, 남들의 눈초리에 친구를 집에 데려오면 엄마가 있는 척을 했다. 출장을 갔다고 거짓말을 했다.

하루는 친구가 집에 놀러 와서 화장실을 갔다 나오며 이야기를 했다.

"왜 칫솔이 세 개야? 너랑 동생이랑 부모님 거 네 개여야 하잖아."

아무리 숨기려고 해도 새 칫솔을 꺼내 걸어둘 만큼 나는 똑똑하지 못했다.

그렇게 그날 처음으로 그 친구에게 부모님의 이혼 이야기를 했다.

"알고 있었어. 아무리 출장을 가도 내가 너희 집에 올 때마다 안 계시는 건 말이 안 된다고 생각했거든."

최선을 다해 연기를 했던 나는 고작 칫솔의 개수로 부모님의 이혼 사실을 들켜버렸다. 그 뒤로는 그냥 체념하고 친구를 집에 데려오지 않거나, 이 사실을 아는 친구들만 집에 데려왔다.

M

M은 나에게 늘 입버릇처럼 말씀하셨다.

"너 정도면 정말 좋게 살고 있는 거야. 너는 나보다 더 편한 거야. 너는 내가 너를 책임지지 않았다면 더 불행했을 거야. 나에게 감사하고 더 잘해야 하는 거야. 나는 그러지 않았어. 나는 얼마나 힘들면 나를 때릴까 생각했어."

물론 M은 'M'이 되고 싶어서 어른이 된 것은 아니었다.
당연히 아팠던 과거가 있었고 원치 않았던 결혼으로 인해 포기했던 많은 것들을 나는 다 이해하며 함께 아파하고 있는 중이다.

하지만 집안에서부터 누군가가 나의 편이 되어주지 않고 질타를 한다면 나는 도대체 어디서 안정감을 찾으란 말인가?
항상 자신처럼 살지 말아달라고 애원하듯이 말하는 M을 보면서 나는 M이 되고자 하는 마음은 점점 희석되었고
'M'이라는 한 인격의 사람이 불쌍한 사람으로 낙인되어 버리는 것 같아서 항상 마음이 아팠다.

나는 M을 너무나 사랑하지만, M의 버릇 같았던 말은 절대 잊히지 않는다.
자신의 아픔과 자식의 아픔을 비교하며 말하는 것이 얼마나 자식을 비참하게 만드

는지 M은 알지 못했다.

물론 완벽한 M은 없다고 생각한다. 나 역시도 M에게 완벽한 자식이 아닐 테니까.
M이라는 이름 아래에 모든 걸 자식에게 쏟아야 한다는 것 자체가 자식의 욕심이라
고 생각하고.

M은 항상 최선을 다해서 살아왔고 앞으로도 더 열심히 살게 될 것이다.
하지만 나와 내 동생을 위해 사는 삶이 아닌, 자기 자신을 위해 가꾸는 삶이 되었으
면 좋겠다.
그게 정말 내가 바라는 M의 삶이니까.

여리고 생각이 많은 우리 M을 위해서 나의 책은 선물하지 않는 편이 나을 것 같다
고 생각하고 있다.
또 혼자 아파하며 술 한 잔을 먹고 전화할 테니까 "큰 딸 책을 보니까 너무 마음이
아파. 미안해."

아직까지 내 아픔에 대해 이야기하고 나의 우울함에 대해 토해내기엔 우리 M은 너
무 소녀 같고 마음이 여리다.

나는 항상 행복하기만을 바라는 마음이 부모님의 마음이니 그런 M을 위해 더 좋고
밝아 보이는 모습만 보여줘야 한다는 압박감.

M 많이 사랑해.

첫사랑

나의 학창 시절이 끔찍하게도 아픔만 있던 것은 아니었다.

최악이라면 정말 최악이라고 말할 수 있던 학창 시절의 나에게 다가와준 나의 사랑.

이것 또한 아픔의 정도가 비슷했고, 어린 나이에 하고자 하는 일도, 그 열정도 비슷했던 사람이었다.
그랬기에 공감대가 형성되었고 가족만큼이나 서로를 소중히 여겼으니까,
연인으로써의 소중함보다는 인간으로서 더 많이 사랑했던 것 같다.

어렸기에 가능했다.

감정 표출을 억제하지 못하고 길거리에서 추하게 소리를 지르며 싸우거나, 이성으로 인해 질투를 못 이겨 집착의 정도까지 치솟았던 그 이야기들, 이제는 사랑해도 그 모든 것을 사사롭게 이야기할 수 없듯이.

사람들의 눈치를 보지 않고 오로지 둘만 생각한 연애는 그때가 마지막이었으며 그때를 회상하며 많은 사람들의 연애 상담을 해주고는 했다.
생각해보면 남들은 쉽게 경험해보지 못하는 연애를 너무 어린 나이에 경험을 한 것이 오히려 내게는 효과가 좋았다.

사랑에 감히 한마디의 훈수를 두는 것도 내가 사랑을 해보았다는 이유로 누군가는 경청을 해주었으니까.

흔히 첫사랑의 의미를 물었을 때 수없이 말했던 답변이 있었다.

"시간이 지나도 이 사람만큼 나를 사랑해주는 사람이 없고, 나는 이 사람만큼 다른 누군가를 사랑할 수 없다."

나는 그것이 첫사랑이라고 생각한다.

무너진 날

어쩌면 나의 모든 세계였던 사람이 떠났다.

고등학생, 한창 나는 신경을 써주지 못했을 때 그렇게 인사 한 번 제대로 하지 못하고 사랑하는 사람이 떠나버렸다.

나에게 부모님이자 남자친구였고, 최선을 다해 시간을 보내주던 사랑했던 사람이 허무하게 날 떠났다는 통보를 받았던 날,

그때의 좌절감과 죄송한 마음은 몇 년이 지난다고 받아들여지진 않았다.

누군가에게 잊지 못할 상처를 남기고 살아간다는 것은, 언제 끝날지 모르는 참회의 시간을 가지는 것 같다.

아무 생각 없이 멍 때리며 하늘을 보거나, 아무도 없는 집안에 홀로 남겨진다거나 살아가면서 문득 어떠한 글을 보거나 사진을 봤을 때,

타인이 나에게 하는 이야기로 인해 그 '상대방'이 떠오르면

그날의 기억은 잊히지 않고 영원히 계속될 것만 같은 구간 반복으로 사람을 미치게 만든다.

가장 사랑하고 보고 싶어 해야 할 존재를 너무 미안한 인물로 남겨놓아 나는 오늘 밤도 미안하다고 사과를 해야 한다.

미안한 행동밖에는 기억이 나지 않아서
스스로를 자학하게 되는 삶을 살고 있으니까.

나를 용서했을지 미워하고 있을지 그 아무도 모르는 일이라
고작 나는 당신을 잊지 않으려고 노력을 하며 산다.

너무 늦어버린 감정은 나를 토닥여주진 못하는 것 같다.
가끔 뒤늦게 알아챈 감정으로 위로를 하곤 했는데
이젠 그 당시에 충실하지 못한 나 자신이 밉고 자책을 하게 된다.

작은 것 하나라도 먼저 해줄걸. 항상 더 좋은 걸 보여주고 싶어서 미루고 미뤘는데
그냥 한 발자국 다가가는 게 무서워 그 자리에 있던 것 같다.

항상 나는 열심히 채워 간다고 생각했는데.
작은 빈틈이 오늘따라 크게 느껴지는 날이다.

미안하고, 고맙습니다.
그리고 많이 사랑해요 아빠.

3

나아가는 시선

나는 알이야

엄마의 가녀린 품의 향기를 기억해

내가 향기로 기억하는 사람

우리엄마

엄마는 어렸을때의 기억 뿐이야

이유는 몽둥이를 들던 아빠의 손 때문일거야

엄마가 떠나도 변한건 없었어

내가 기억하는엄마가 나온거야

오늘 이쪽으로 왔었는데

아빠가 아는 사람이 있었는지 인사를 하는거야

사람들이 움직길과 뒤에

그리고 내가 인사를 해야하는 사람을 찾았어

그렇지만 사람이 우리아빠를 피해서껴버리라

그래서 마음속으로만 인사했어

안녕 엄마 잘 지냈어요!

GAZEROSHIN

2014.6.30.
엄마의 향기

261

나 달래기

" 내가 더 사랑한거야 "

" 네가 덜 사랑한게 아니야"

GAZEROSHIN

긍정의 밤

생각이 많은 밤

좋은생각이 이겨야 하는 밤

GAZEROSHIN

동기부여

내가 사람들과
멀어진 이유중 하나가
관제 때문이야

누군가와
친해지고 싶은데
잘난 사람들이랑만
친하게 지내고
다가가고 다가가도
상대방은 대답만 하는
자격지심 드는 관제

그 잘난 인간들
내가 더 높이서서 버리볼꺼야

아래로

GAZEROSHIN

270

최선을 다해 사랑하자

GAZEROSHIN

2015.4.23.
대개 무리지어 다니는 사람들은 분간하는 능력이 떨어진다.
자신이 하는 행동의 잘잘못을 따지기 어려워하기 십상.

펄럭~

응?!

까악~

GAZEROSHIN

음.

조금만 마음의
여유를 두었어도 좋은 방법인것 같아.
예전에 받은 상처로 인해서
일어나지 않은 일에 대해
너무 스트레스 받고 있는것 같구나.

친구들과 떨어져 있는
시간들이 힘들었는데 알고보니
친구들이 진심으로 널 좋아하고 있으면
그 힘들었던 시간들이 너무
아까지 않을까?

그럴까요?..

힘든건 우려하던일이 정말
일어났을때 해도 늦저않아.

GAZEROSHIN

2015.9.1.
괴롭다

- 우리도 따뜻한 추억들을
남에게 쉽게 이야기 할 수 있는 사이가 되어버리겠지.

- 이런 곳 좋아하는 데 이제야 데려와서 미안해.

2016.1.30.
무게를 덜기 위함과 반복되는 사과 그리고 항상 미안한 사람 이윽고 침묵.
우리는 조금 덜 미안하기 위해 살아간다.

- 항상 미안하게 생각했어..

- 엄마는 아들이 이렇게 예쁜 곳 같이 와줘서 너무 기뻐.

GAZEROSHIN

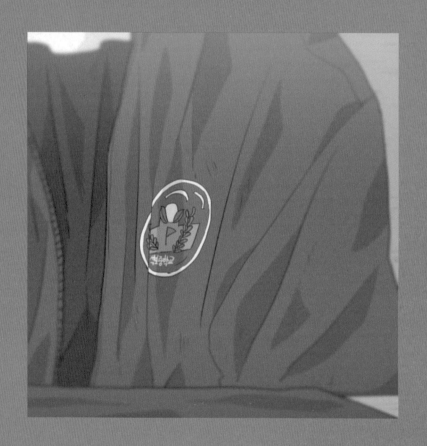

- 엄마는 한 번도 너를 미워해 본 적이 없어.

- 이제는 정말 너의 삶을 살아줘. 나에게 미안해하지 말고.

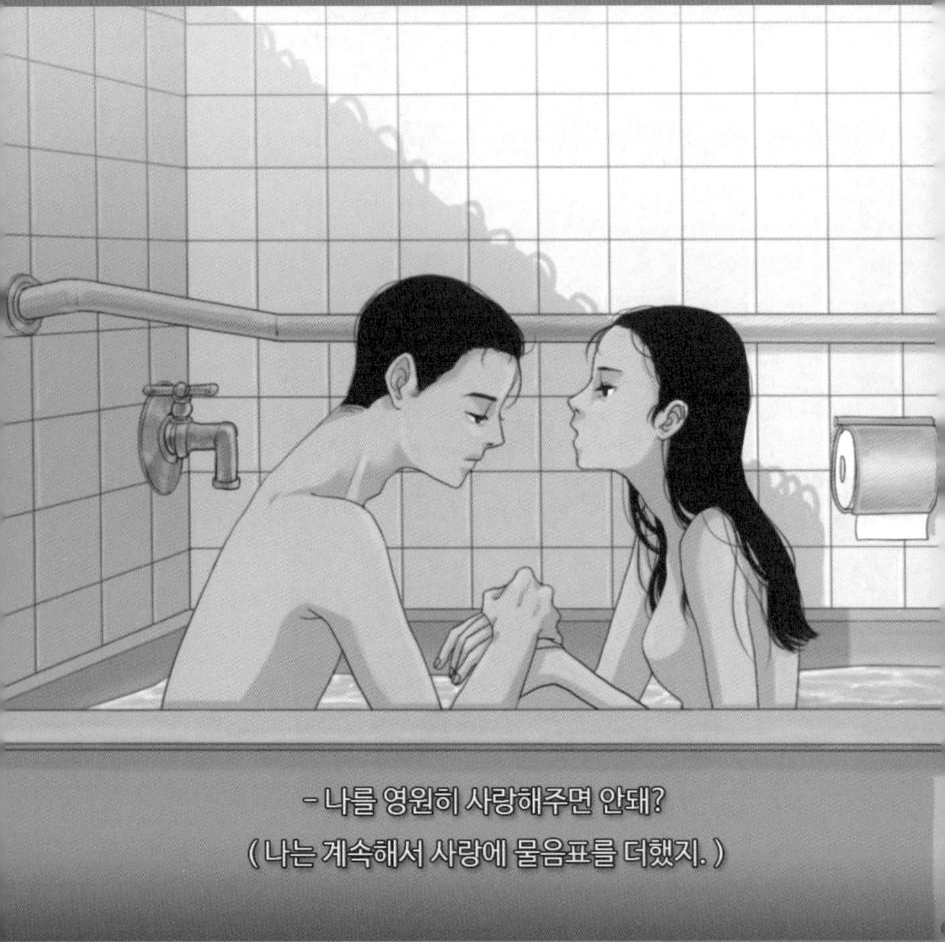
- 나를 영원히 사랑해주면 안돼?
(나는 계속해서 사랑에 물음표를 더했지.)

2016.3.14.
물음표 느낌표

- 그렇게 할게.
(덕분에 나는 매일매일이 행복했고.)

GAZEROSI

2016.3.13.
그림자

- 부정적인 사고로 나한테 한번의 기회를 더 주는 거야.
나의 행동으로 이 사람을 놓치고 영원히 못 본다는 생각을 하면
그 상황이 두려워서 실수를 잘 안하게 되거든..

2016.4.7.
소중한 사람을 소중히 대하기 위해

- 조금 더 어렸을 때는 다른 사람의 기준과 시선에 맞춰서
하고 싶지 않은 일과 불편한 만남을 지속했다면,
지금은 그냥 내가 좋아하는 사람들과 편한 만남을 더 추구하게 되는 것 같아.

2016.5.6.
그래서 연애를 하는 걸까?

- 하지만 가끔 나는 어렸을 때의 그 열정으로
다시 한번 어떤 관계에 최선을 다해보고 싶어.

2016.5.19.
맞잡은 손으로
힘이 되는 존재

– 사랑을 시작할 때 끝을 두려워하는 이 성격이
훗날 너를 떠나보내게 할까봐 무서워.

2016.7.25.
내가 바라보는 시각이 어쩌면 그들의 영화일 수도 있다는 것

- 우리 관계에서 떠날 수 있는 사람은 너뿐이야
나를 사랑해서 하는 두려움이라면 계속해줘.

– 어떻게하면 저렇게 누군가를 열정적으로 사랑할 수 있을까 ?

- 너의 온기를 나는 오랫동안 느끼고 싶어
사랑한다는 말을 더 많이 해주고 싶어.

- 너를 만난 그 순간부터 모든 게 사랑이었어.

GAZERSHIN

- 그래서 내가 매일 솔직하잖아 너한테

305

누군가를 사랑 할 수 있는 감정은 너무 아름다운 것 같아

아직 내가 외로이 홀로 버티기보다는

다른 사람과 함께 하고싶다는 욕심이 남아있다는거니까.

- 감정을 부정했을 때 더 힘들어

결국 나를 행복하게 만드는 것도 아프게 만드는 것도 사랑이라는 감정이야.

2017.4.21.
7ip7o3 — with a loveless marriage

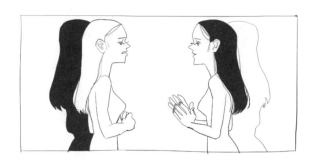

'그러니까 내 말 듣지 그랬어'

죽고보았다.

그날 밤 나는 꿈을 꾼다,

다름을 인정하자,

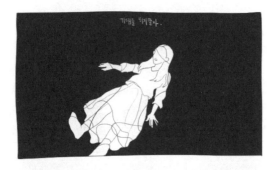

기대를 하지말자.

넌 혼자였으니까.
할수있어,

이해받기를 원하는거니까,

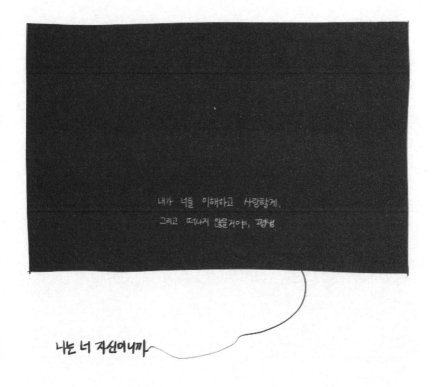

내가 너를 이해하고 사랑할게.

그리고 떠나지 않을거야, 꼬망

나는 너 자신이니까

2016.09.15

- 사람에게 실망하고 싶지가 않은데 흔들리는 일이 너무 많이 생겨.
아무런 기대 없이 살아야 아프지 않다는 걸 알아. 그래서 작은 것 하나가 너무 소중해지는 거 있지
나를 위해 하는 배려 하나에 경계심이 무너지고 달콤한 말 한마디에 혹시나 하는 기대를 하게 돼.

2017.9.10.
coffee time

- 더 이상 아프고 싶지도 않고 누군가를 혐오할 정도로 미워하기 싫어서 피하고 싶어.
행복의 대가로 불행을 껴안는 느낌이야.

- 너를 비관적인 사람으로 보지 않을 거야.
다만, 분명히 너와 같은 마음으로 지나쳐 가는 사람이 있을 거란 것은 알아둬야 해.
조금만 더 와닿으면 함께 할 사람들을 상처받기 무서운 마음에 놓치는 건 아쉽잖아.

GAZEROSHIN

- 분명히 안정적인 감정으로 살면 감정소비가 줄어들겠지.
하지만, 아프지 않다고 행복한 건 아니야.

- 세상에 외로운 걸 바라는 사람은 없어.

- 외로운 게 더 편한 사람은 있어....

어떤 느낌이냐고?

목적지 없는 버스를 타고 있는 기분이야.

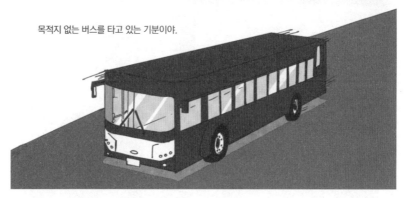

2017.11.13.
익숙함이란

그 버스에는 몇 명의 사람들이 나와 함께 타고 있지만,

금세 또 혼자가 돼버려.

다행히도,

홀로 탄 버스에서도 아름다움이 있다는 걸 알고 있어.

나한테 외로움은 이런 느낌이야.

2018.1.2.
네 컷

- 누군가를 포용하고 사랑하기 위해선 나를 먼저 알아야 해.
자신을 모르는 상태에서 다른 사람부터 알아가려 하니까 혼란스러운 거야.

- 저에 대한 확신이 없으니까 우선순위에는 늘 제가 없어요.
나를 제외한 모든 것들이 더 소중하게 느껴지고요.

- 아니, 웃기지 않아? 내 인생인데,
내 행복보다 다른 사람의 행복을 먼저 생각한다는 게?

- 그러게요. 완벽히 엉망인 기분이에요.

- 너에게 너무 엄격하지마.

- 자신을 사랑하지 않는 마음에서부터

타인에게 너를 상처입힐 수 있는 무기를 쥐어주니까..

- 누군가에게 기대지 않고 혼자 버틸 수 있는 게
어른스러운 거라 생각했었어.

- 혼자 삭히는 게 습관이 되어버리면

- 외로움에 익숙해져 버려.

- (그렇게 대부분의 사람들이 외로움을 당연시 생각하고
즐거움의 기쁨을 소멸시켰을 거야.)

- 무엇을 위해 살고 있는 건지 모르겠어

분명 쉴 틈 없이 달렸는데 왜 자꾸 제자리인 걸까?

- 쉴 틈을 가져봐
네가 원하는 방향으로 달려야 의미가 있지.

- 내가 원하는 게 무엇인지 찾을 때 까지

- 과연 이 큰 세상이 날 기다려 줄까?

2018.3.23.
점점 시들어가는 감정을 적어놓는 방

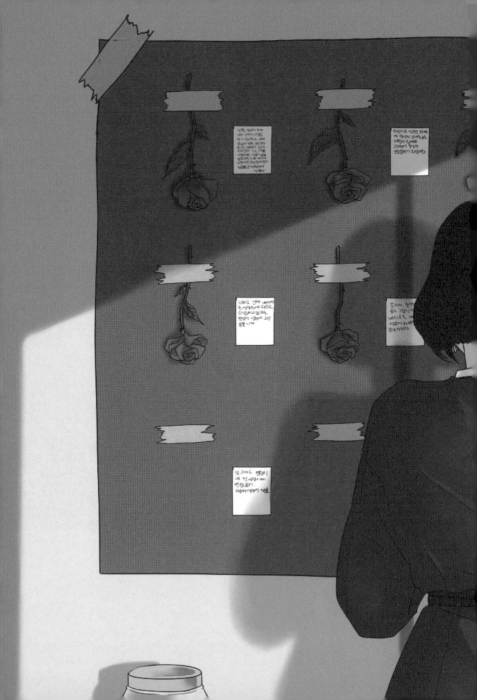

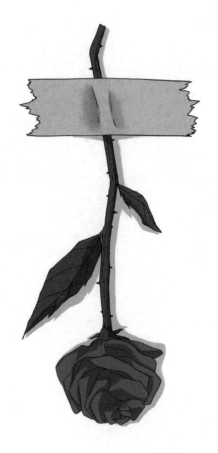

다행이도 7년 전 휴대폰에 당신의 노래를
녹음 해뒀었지 뭐예요. 그리워서 들었다가
눈물 범벅이 되었지만.

chet baker - I fall in love too easily 네가 제일 좋아하던 노래.
이 노래는 Caleb Belkin 이 사랑 버전이 제일 좋아.

너의 노래 음 하나하나가 나를
응원하고 있어.
허공에서 널 그리워하는 게 얼마나
즐거운지 몰라.

보고싶다. 나 이젠 당신의 음성, 얼굴
모든 게 기억이 안 나기 시작했어.
이제 여기는 지옥이야.

너로 인해 내 세계를 사랑하게
되었고, 더 넓히고 싶다는 욕심이 생겼어.
그건 축복이야.

울지마. 울어달라고 쓴 글과 그림이
아닌데 내 의도를 내 마음 아프게
하면서 빗나가진 마.

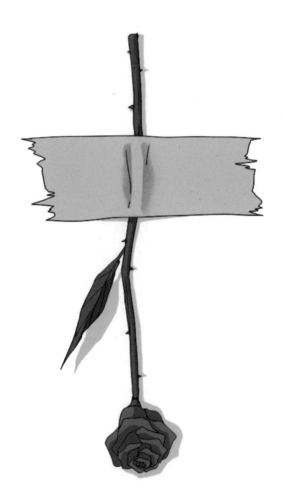

술 먹고 싶다고 이야기를 하면
피곤해도 안나주는 당신이 좋아.
그날 밤 내가 많이 아파할 걸
알고 나와주는 당신을 사랑해.

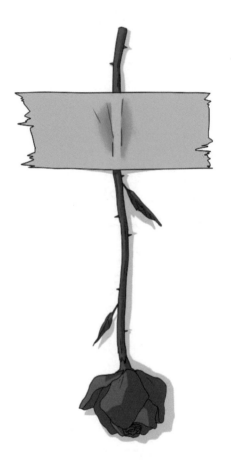

쉽게 사람을 미워하지 않지만, 한 번
싫어하게 되면 어쩜게나 당신이
죽어버렸으면 좋겠다고 마음속으로
기도를 해.

우린 앞으로 서로의 자리에서 가끔
상대방을 생각하여 글 한 줄을 쓰고
그림 한 장을 더 그리게 될 거야.
우리가 예술을 해서 다행이다.

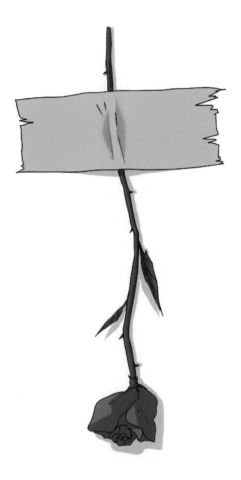

자극적인 감정을 더 사랑해서 미안해.
너의 잔잔한 사랑도 나에겐
과분한데 알이야.

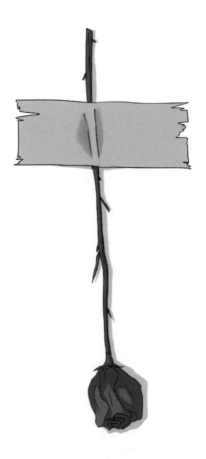

너의 관심 한번 받아보겠다고
집을 나서기 전 옷을 6번이나 갈아입었어.

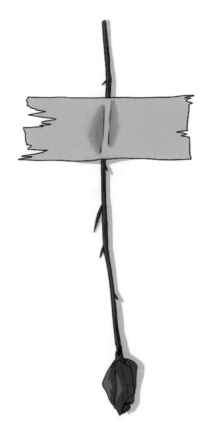

아직도 옐로우테일을 네가 알려준
포도 알을 떠먹는다는 느낌으로 마시고 있어.

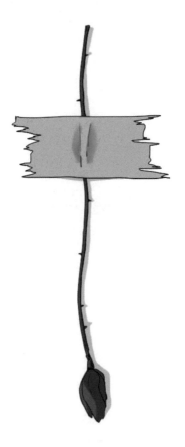

사랑하는 사람을 잊기 위해 너를
이용했어. 그게 너무 미안해서
지금 나에게 나쁘게 대하는 너를
받아줄 수 없는거야.

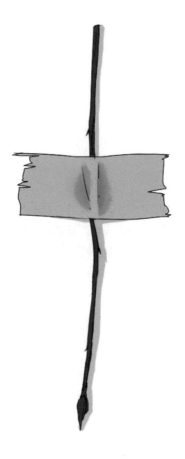

넌 그래도 영원한 내 첫사랑이야
변함없이.
지금의 사랑이 아닐 뿐.

우체통이 된 나의 책, 보내는 편지들

나를 사랑해주고 아껴주는 많은 사람에게 쓰는 글.

수많은 어둠을 헤쳐 나갈 수 있게 도와줘서 너무 고마워. 네가 없었다면 나는 과연 지금 존재할 수 있을까?
나를 몇 번이고 살려내 준 너에게 감사의 편지를 써.

너는 나를 알잖아. 사랑 하나에도 몇 번이나 의심을 하는지. 얼마나 동정을 팔아 살아 왔는지. 역겹기만 한 나를 처음으로 좋아해주고 내 곁에서 많은 미움과 싸워줬잖아. 모두가 무서워하는 올바르지 못한 아이들이 나를 미워했을 때, 그리고 그 무서움으로 동반되는 우울함 속에서 너는 항상 내 편이었어. 나를 싫어하는 모든 아이들을 같이 싫어해줬어.
처음으로 누군가에게 소속감을 느꼈던 것 같아.
네가 나에게 엄마의 역할과 언니의 역할을 맡아줘서 내가 괜찮게 컸어.
언젠가는 우리 엄마가 너에게 고맙다는 이야기를 해주길 바라. 너는 그럴 자격이 있으니까.
자기혐오에 가득 찬 나는 너로 인해 사랑을 소화하는 법을 배웠어.

–

기억나? 처음 엄마와의 전쟁 같은 싸움을 끝으로 이 삶을 정리하고자 옥상에 올라 갔을 때, 누군가의 사랑이 간절히 필요해서 너를 불렀잖아.
죽음을 빌미 삼아 관심을 받고 싶었던 것일지도 몰라.
바로 나에게 달려와서 너는 그러지 말라고 나를 붙잡아줬어.

그리고 내 동생. 살아가면서 가족 구성원에 누가 있냐고 물었을 때 울먹이며 나를 생각할 내 동생이 가여워서 죽을 수 없었어.
"언니가 있었다."라고 이야기하는 내 동생이 그려져서, 우리 아빠가 생각이 나서 나는 죽을 수 없었어.
저 멀리 희미하게 보이는 회색 아스팔트로 추락할 용기가 없었어.

너는 시간이 지난 후에 나에게 이야기해줬잖아.
다른 사람들이 우울해하는 건 힘을 필요로 하는 것 같다는 생각이 든다고, 하지만 나는 정말 오늘이 지나면 나를 볼 수 없을 것 같은 불안함에 나에게 올 수밖에 없다고 말이야.

이미 한 사건으로 인해 책임감을 가지게 된 너에게 미안한 감정과 이런 사랑을 받을 수 있음에 황홀한 사랑을 느꼈어. 이런 너를 얻게 된 건 축복이라는 생각을 했어.

앞으로의 시간에는 내가 너를 책임지면 좋겠다는 생각을 하고는 해.

아직도 나는 우리가 떨어져 있는 이 빈 공간에서도 따뜻한 온기가 남아 있다고 믿어 의심치 않아.

너와 함께 파리를 걷게 될 그날이 얼마나 기대되는지 몰라. 가끔은 돈만 준비가 되었다면 모든 걸 다 버리고 떠나자고 회유하고 싶어.

이 지긋지긋한 사람들이 만들어놓은 틀을 벗어던지고 우리가 찬란하고 빛이 났던 그 시절로 다시 돌아가고 싶어.

좋아했던 파리의 강 앞에서 와인 병나발을 불고는 쉴 새 없이 담배를 펴대며 낭만을 이야기하는 거지.

너와 함께라면 그 무엇도 무서울 것이 없어.

—

나의 인생, 그리고 모든 것들을 건설해준 사랑하는 나의 사람.

처음으로 '나'에 대해 토해냈던 날이 아직도 선명해. 그런 나를 바라보며 같이 울어줬잖아.

우린 어쩌면 그때 눈물이 아닌 피로 우리의 인연을 맺은 것 같아.

편안함에 속아 소중함을 잊지 말아야 한다는 걸 당신으로부터 배웠어. 늘 함께잖아.

내가 정말 바라던 완벽에 가까운 사람이야. 이상형이라고 하나 이런 걸?

나보다 나를 더 알아줘서, 나를 너무 많이 사랑해줘서 고마워.

죽으면 당신 남편을 밀어내고 그 옆자리를 내가 차지하고 싶을 정도라니까.

같이 묻히자고.

—

또한, 스칠 것 같은 인연의 힘을 거스르고 나의 사람이 되어줘서 고마워.
항상 나를 사랑한다고 이야기해주잖아. 너에게 내 생각을 전달하면 너는 항상 나의
가치를 높게 평가해주고는 내가 좋아하는 단어들이 나열된 문장을 선물해줘.
너는 내 자존감이야.

—

매일 밤 찾아오는 새벽이 나에게는 남들보다 조금 더 길게 느껴지는 것 같아.
황홀히 사랑을 받던 순간과 찢어질 듯 마음이 아프던 추억들이 하나하나 생각이 나
곤 하거든.

가끔은 말이야, 만약 내가 살고자 하는 의지가 사라질 만큼의 어둠을 맞이할 때면
내 곁에는 죽음밖에 없다는 느낌이 들 때가 있어.

그러고 나면 내 또 다른 자아가 나를 말리고는 해.

"아직 너무 젊어. 이루지 못한 많은 것들이 생각이 나서 나는 끝낼 수 없어."

모순적이게도 삶의 아름다움을 맛본, 사랑을 받아본 열정적인 신가영이 나를 붙잡
고는 한단다.
매순간 그렇게 나와의 싸움을 끝내고 나면 괜히 스스로가 너무 나약해 보여.
이렇게 결국 살아낼 거면서 투정을 부린 것 같아서, 죽음으로부터 해답을 얻으려고
했던 행동이 창피해서 말이야.

아마도 나는 많은 시간을 이렇게 나와의 싸움으로 보낼 것 같은 기분이 들어.

견디는 삶을 살아내는 사람들은 매일매일이 정말 힘겨운 싸움이야.
손에 잡히지 않는 사랑을 느껴보려고 온갖 긍정의 힘을 끌어다 써야만 하거든.
누군가로부터 받는 사랑이 아닌, 나를 통제하는 스스로의 사랑 말이야.

그리 대단하지 않은 것들을 사랑하려고 애를 썼던 것 같아.
내가 아닌 것들로부터 사랑을 갈구했어.
타인의 눈으로 틀을 만들었고, 나를 잃어가고 있었어.

정말 나를 소중히 여기지 않던 행동인 거야.

이제는 나를 보여주는 것에 겁을 먹지 않기로 했어. 감정들을 설명할 수 있는 사람이 되고 싶어.
많은 사람들이 햇빛을 받는 길을 걸을 때, 그림자가 져 있는 길도 얼마나 아름다운지 알려주고 싶어.

같이 그 길을 걸을 때, 서로를 안아주자.